Herta Müller
Niederungen

Büchergilde ■ Gutenberg

DIE kleine REIHE

Herta Müller

Niederungen

Prosa

Lizenzausgabe für die Büchergilde Gutenberg,
Frankfurt am Main, Wien, mit freundlicher Genehmigung des
Rotbuch Verlages, Berlin

Reihengestaltung Heinrich Thomas, Heidesheim
Herstellung Margot Mayer, Dietzenbach-Steinberg
Satz Utesch Satztechnik GmbH, Hamburg
Druck und Bindung
R. Oldenbourg Graphische Betriebe GmbH, Kirchheim
Printed in Germany 1990 ISBN 3 7632 3688 0

Inhalt

Die Grabrede

Auf dem Bahnhof liefen die Verwandten neben dem dampfenden Zug her. Bei jedem Schritt bewegten sie den hochgehobenen Arm und winkten.

Ein junger Mann stand hinter dem Zugfenster. Die Scheibe reichte ihm bis unter die Arme. Er hielt einen Strauß weißer zerfledderter Blumen vor der Brust. Sein Gesicht war starr.

Eine junge Frau trug ein fades Kind aus dem Bahnhof hinaus. Die Frau hatte einen Buckel.

Der Zug fuhr in den Krieg.

Ich knipste den Fernseher aus.

Vater lag in einem Sarg mitten im Zimmer. An den Wänden hingen so viele Bilder, daß man die Wand nicht sah.

Auf einem Bild war Vater halb so groß wie der Stuhl, an dem er sich festhielt.

Er hatte ein Kleid an und stand auf krummen Beinen, die voller Speckfalten waren. Sein Kopf war birnenförmig und kahl.

Auf einem anderen Bild war Vater Bräutigam. Man sah nur seine halbe Brust. Die andere Hälfte war ein Strauß weißer zerfledderter Blumen, die Mutter in der Hand hielt. Ihre Köpfe waren so nahe nebeneinander, daß sich ihre Ohrläppchen berührten.

Auf einem anderen Bild stand Vater kerzengerade vor einem Zaun. Unter seinen hohen Schuhen lag Schnee. Der Schnee war so weiß, daß Vater im Leeren stand. Seine Hand war über den Kopf gehoben zum Gruß. Auf seinem Rockkragen waren Runen.

Auf dem Bild, das daneben hing, hielt Vater eine Hacke auf der Schulter. Hinter ihm stand ein Maisstengel, der in den Himmel ragte. Vater hatte einen Hut auf dem Kopf. Der Hut warf einen breiten Schatten und verdeckte Vaters Gesicht.

Auf dem nächsten Bild saß Vater am Lenkrad eines Lastautos. Das Auto war mit Rindern beladen. Vater führte jede Woche die Rinder ins Schlachthaus in die Stadt. Vaters Gesicht war schmal und hatte harte Kanten.

Auf allen Bildern war Vater mitten in einer Geste erstarrt. Auf
 allen Bildern sah Vater so aus, als ob er nicht mehr weiter wußte. Aber Vater wußte immer weiter. Deshalb waren alle diese Bilder falsch. Von den vielen falschen Bildern, von allen seinen falschen Gesichtern war es kalt geworden im Zimmer. Ich wollte mich vom Stuhl erheben, aber mein Kleid war an das Holz festgefroren. Mein Kleid war durchsichtig und schwarz. Wenn ich mich rührte, knirschte es. Ich erhob mich und berührte Vaters Gesicht. Es war kälter als die Gegenstände in dem Zimmer. Draußen war es Sommer. Die Fliegen ließen im Flug ihre Maden fallen. Das Dorf zog sich neben dem breiten Sandweg hin. Er war heiß und braun und brannte einem mit seinem Glimmer die Augen aus.

Der Friedhof war aus Geröll. Auf den Gräbern lagen große Steine.

Als ich auf den Boden sah, merkte ich, daß meine Schuhsohlen nach oben gekehrt waren. Ich war die ganze Zeit über auf meinen Schnürsenkeln gegangen. Sie lagen lang und dick hinter mir. An den Enden ringelten sie sich ineinander.

Zwei kleine wankende Männchen hoben den Sarg vom Leichenwagen und senkten ihn mit zwei zerriebenen Stricken ins Grab. Der Sarg schaukelte. Ihre Arme und ihre Stricke wurden immer länger. Das Grab war trotz der Trockenheit mit Wasser gefüllt.

Dein Vater hat viele Tote auf dem Gewissen, sagte eines der betrunkenen Männchen.

Ich sagte: Er war im Krieg. Für fünfundzwanzig Tote hat er eine Auszeichnung bekommen. Er hat mehrere Auszeichnungen mitgebracht.

In einem Rübenfeld hat er eine Frau vergewaltigt, sagte das

Männchen. Zusammen mit vier anderen Soldaten. Dein Vater hat ihr eine Rübe zwischen die Beine gesteckt. Als wir weggingen, hat sie geblutet. Es war eine Russin. Nachher nannten wir noch wochenlang alle Waffen Rübe.
Es war Spätherbst, sagte das Männchen. Die Rübenblätter waren schwarz und zusammengeklappt vom Frost.
Dann trug das Männchen einen dicken Stein auf den Sarg.
Das andere betrunkene Männchen sprach weiter:
Im neuen Jahr gingen wir in einem deutschen Städtchen in die Oper. Die Sängerin sang so schrill, wie die Russin geschrien hatte. Wir verließen der Reihe nach den Saal. Dein Vater ist bis zum Ende geblieben. Nachher nannte er wochenlang alle Lieder Rübe und alle Frauen Rübe.
Das Männchen trank Schnaps. In seinem Bauch gluckste es. Ich habe soviel Schnaps im Bauch, wieviel Grundwasser in den Gräbern ist, sagte das Männchen.
Dann trug das Männchen einen dicken Stein auf den Sarg.
Neben einem weißen Marmorkreuz stand der Grabredner. Er kam auf mich zu. Er hatte beide Hände in den Rocktaschen vergraben.
Der Grabredner hatte eine handgroße Rose im Knopfloch stekken. Sie war samtig. Als er neben mir stand, zog er eine Hand aus der Rocktasche hervor. Es war eine Faust. Er wollte die Finger geradebiegen und konnte nicht. Der Schmerz ließ seine Augen dick werden. Er begann leise vor sich hin zu weinen.
Mit den Landsleuten versteht man sich nicht im Krieg, sagte er. Die lassen sich nicht befehlen.
Dann trug der Redner einen dicken Stein auf den Sarg.
Jetzt stellte sich ein dicker Mann neben mich. Er hatte einen Kopf wie ein Schlauch und kein Gesicht.
Dein Vater hat jahrelang mit meiner Frau geschlafen, sagte er. Er hat mich im Suff erpreßt und mir das Geld gestohlen.
Er setzte sich auf einen Stein.
Dann kam ein runzeliges dürres Weib auf mich zu, spuckte auf die Erde und sagte pfui zu mir.

Die Leichenversammlung stand am anderen Ende des Grabes. Ich sah an mir herab und erschrak, weil man meine Brüste sah. Ich fror.

Alle hatten die Augen auf mich gerichtet. Sie waren leer. Ihre Pupillen stachen unter ihren Lidern. Die Männer hatten Gewehre auf den Schultern hängen, und die Frauen rasselten mit Rosenkränzen.

Der Redner zupfte an seiner Rose. Er riß ihr ein blutrotes Blatt aus und aß es.

Er gab mir ein Zeichen mit der Hand. Ich wußte, daß ich jetzt eine Rede halten mußte. Alle sahen mich an.

Es fiel mir kein Wort ein. Die Augen stiegen mir durch die Kehle in den Kopf. Ich führte die Hand zum Mund und zerbiß mir die Finger. Auf meinem Handrücken sah man die Male meiner Zähne. Meine Zähne waren heiß. Aus den Mundwinkeln rann mir Blut auf die Schultern.

Der Wind hatte einen Ärmel meines Kleides ausgerissen. Er schwebte hauchig und schwarz in der Luft.

Ein Mann lehnte seinen Gehstock an einen dicken Stein. Er legte das Gewehr an und schoß den Ärmel ab. Als er vor meinem Gesicht niedersank, war er voller Blut. Die Leichenversammlung klatschte Beifall.

Mein Arm war nackt. Ich spürte, wie er an der Luft versteinte.

Der Redner gab ein Zeichen. Der Beifall verstummte.

Wir sind stolz auf unsere Gemeinde. Unsere Tüchtigkeit bewahrt uns vor dem Untergang. Wir lassen uns nicht beschimpfen, sagte er. Wir lassen uns nicht verleumden. Im Namen unserer deutschen Gemeinde wirst du zum Tode verurteilt.

Alle richteten ihre Gewehre auf mich. In meinem Kopf war ein betäubender Knall.

Ich fiel um und erreichte den Boden nicht. Ich blieb quer über ihren Köpfen in der Luft liegen. Leise stieß ich die Türen auf.

Meine Mutter hatte alle Zimmer ausgeräumt.

Im Zimmer, in dem die Leiche aufgebahrt gewesen war, stand

nun ein langer Tisch. Es war ein Schlachttisch. Ein leerer weißer Teller und eine Vase mit einem Strauß weißer zerfledderter Blumen standen darauf.
Mutter hatte ein durchsichtiges schwarzes Kleid an. Sie hielt ein großes Messer in der Hand. Mutter trat vor den Spiegel und schnitt sich mit dem großen Messer ihren grauen dicken Zopf
ab. Mit beiden Händen trug sie ihn zum Tisch. Sie legte ihn mit einem Ende in den Teller.
Ich werde mein ganzes Leben in Schwarz gehen, sagte sie.
Sie zündete den Zopf an einem Ende an. Er reichte von einem Ende des Tisches bis zum anderen. Der Zopf brannte wie eine Zündschnur. Das Feuer leckte und fraß.
In Rußland haben sie mich geschoren. Das war die kleinste Strafe, sagte sie. Ich taumelte vor Hunger. Nachts kroch ich in ein Rübenfeld. Der Hüter hatte ein Gewehr. Wenn er mich gesehen hätte, hätte er mich umgebracht. Das Feld raschelte nicht. Es war Spätherbst, und die Rübenblätter waren schwarz und zusammengeklappt vom Frost.
Ich sah Mutter nicht mehr. Der Zopf brannte noch. Das Zimmer war voll Rauch.
Sie haben dich umgebracht, sagte meine Mutter.
Wir sahen uns nicht mehr, soviel Rauch war im Zimmer.
Ich hörte ihre Schritte dicht neben mir. Ich tastete mit ausgestreckten Armen nach ihr.
Sie hakte auf einmal ihre knochige Hand in mein Haar.
Sie schüttelte meinen Kopf. Ich schrie.
Ich riß die Augen auf. Das Zimmer drehte sich. Ich lag in einer Kugel aus weißen zerfledderten Blumen und war eingeschlossen.
Dann hatte ich das Gefühl, daß der Wohnblock umkippt und sich entleert in den Boden.
Der Wecker läutete. Es war Samstagmorgen, halb sechs.

Das schwäbische Bad

Es ist Samstagabend. Der Badeofen hat einen glühenden Bauch. Das Lüftungsfenster ist fest geschlossen. In der vergangenen Woche hat der zweijährige Arni wegen der kalten Luft den Schnupfen gehabt. Die Mutter wäscht dem kleinen Arni den Rücken mit einem verwaschenen Höschen. Der kleine Arni schlägt um sich. Die Mutter hebt den kleinen Arni aus der Badewanne. Das arme Kind, sagt der Großvater. So kleine Kinder soll man nicht baden, sagt die Großmutter. Die Mutter steigt in die Badewanne. Das Wasser ist noch heiß. Die Seife schäumt. Die Mutter reibt graue Nudeln von ihrem Hals. Die Nudeln der Mutter schwimmen auf der Wasseroberfläche. Die Wanne hat einen gelben Rand. Die Mutter steigt aus der Badewanne. Das Wasser ist noch heiß, ruft die Mutter dem Vater zu. Der Vater steigt in die Badewanne. Das Wasser ist warm. Die Seife schäumt. Der Vater reibt sich graue Nudeln von seiner Brust. Die Nudeln des Vaters schwimmen mit den Nudeln der Mutter auf der Wasseroberfläche. Die Wanne hat einen braunen Rand. Der Vater steigt aus der Badewanne. Das Wasser ist noch heiß, ruft der Vater der Großmutter zu. Die Großmutter steigt in die Badewanne. Das Wasser ist lauwarm. Die Seife schäumt. Die Großmutter reibt graue Nudeln von ihren Schultern. Die Nudeln der Großmutter schwimmen mit den Nudeln der Mutter und des Vaters auf der Wasseroberfläche. Die Wanne hat einen schwarzen Rand. Die Großmutter steigt aus der Badewanne. Das Wasser ist noch heiß, ruft die Großmutter dem Großvater zu. Der Großvater steigt in die Badewanne. Das Wasser ist eiskalt. Die Seife schäumt. Der Großvater reibt graue Nudeln von seinen Ellbogen. Die Nudeln des Großvaters schwimmen mit den Nudeln der Mutter, des Vaters und der Großmutter auf der Wasseroberfläche. Die Großmutter öffnet die Badezimmertür. Die Großmutter schaut in die Badewanne. Die Großmutter sieht den Großvater nicht. Das schwarze Badewasser schwappt über den schwarzen Rand der Badewanne. Der Großvater muß in der Badewanne sein, denkt die Großmutter. Die Großmutter schließt hinter sich die Badezimmertür. Der Großvater läßt das Badewasser aus der Badewanne rinnen. Die Nudeln der Mutter, des Vaters, der Großmutter und des Großvaters kreisen über dem Abfluß. Die schwäbische Familie sitzt frisch gebadet vor dem Bildschirm. Die schwäbische Familie wartet frisch gebadet auf den Samstagabendfernsehfilm.

Meine Familie

Meine Mutter ist ein vermummtes Weib.

Meine Großmutter ist starblind. Sie hat auf einem Auge den grauen Star und auf dem anderen den grünen.

Mein Großvater hat den Hodenbruch.

Mein Vater hat noch ein anderes Kind mit einer anderen Frau. Ich kenne die andere Frau und das andere Kind nicht. Das andere Kind ist älter als ich, und die Leute sagen, daß ich deshalb von einem anderen Mann bin.

Mein Vater macht dem anderen Kind zu Weihnachten Geschenke und sagt meiner Mutter, daß das andere Kind von einem anderen Mann ist.

Der Postmann bringt mir zu Neujahr immer hundert Lei in einem Umschlag und sagt, das ist vom Weihnachtsmann. Meine Mutter sagt aber, daß ich nicht von einem anderen Mann bin.

Die Leute sagen, daß meine Großmutter meinen Großvater wegen seinem Feld geheiratet hat und daß sie einen anderen Mann geliebt hat und daß sie besser den anderen Mann geheiratet hätte, weil sie mit meinem Großvater so nahe verwandt ist, daß es die reinste Inzucht ist.

Die anderen Leute sagen, daß meine Mutter von einem anderen Mann ist und daß mein Onkel von einem anderen Mann ist, aber nicht von demselben anderen Mann, sondern von einem anderen.

Deshalb ist der Großvater eines anderen Kindes mein Großvater, und die Leute sagen, daß mein Großvater der Großvater eines anderen Kindes ist, aber nicht desselben anderen Kindes, sondern eines anderen, und daß meine Urgroßmutter sehr früh an einem fadenscheinigen Schnupfen gestorben ist, aber daß das etwas anderes als ein natürlicher Tod war, daß es nämlich Selbstmord war.

Und die anderen Leute sagen, daß es etwas anderes als eine Krankheit und etwas anderes als Selbstmord war, daß es nämlich Mord war.

Mein Urgroßvater hat nach ihrem Tod sofort eine andere Frau 15
geheiratet, die bereits ein Kind hatte von einem anderen Mann, mit dem sie nicht verheiratet war, die aber gleichzeitig auch verheiratet war und die nach dieser anderen Heirat mit meinem Urgroßvater noch ein anderes Kind bekam, von dem die Leute sagen, daß auch dieses von einem anderen Mann ist, nicht von meinem Urgroßvater.

Mein Urgroßvater fuhr jahraus, jahrein jeden Samstag in eine kleine Stadt, die ein Kurort war.

Die Leute sagen, daß er sich in dieser kleinen Stadt mit einer anderen Frau abgab.

Man sah ihn sogar in der Öffentlichkeit mit einem anderen Kind an der Hand, mit dem er sogar eine andere Sprache sprach.

Man sah ihn nie mit dieser anderen Frau, aber sie konnte, so sagen die Leute, nichts anderes als eine Badhure sein, weil mein Urgroßvater sich nie in der Öffentlichkeit mit ihr zeigte.

Die Leute sagen, daß man einen Mann, der außerhalb des Dorfes noch eine andere Frau und ein anderes Kind hat, verachten muß und daß das nichts Besseres als Inzucht, daß das noch schlimmer als die reinste Inzucht, daß das die reinste Schande ist.

Niederungen

Die lila Blüten neben den Zäunen, das Ringelgras mit seiner grünen Frucht zwischen den Milchzähnen der Kinder.
Der Großvater, der sagte, vom Ringelgras wird man dumm, das darf man nicht essen. Und du willst doch nicht dumm werden. Der Käfer, der mir ins Ohr kroch. Großvater schüttete mir Spiritus ins Ohr, damit mir der Käfer nicht in den Kopf kriecht. Ich weinte. In meinem Kopf summte es und wurde es heiß. Der ganze Hof drehte sich, und Großvater stand riesengroß mittendrin und drehte sich mit.
Das muß man tun, sagte Großvater, sonst wird dir der Käfer in den Kopf kriechen, und dann wirst du dumm. Und du willst doch nicht dumm werden. Die Akazienblüten in den Dorfstraßen. Das eingeschneite Dorf mit den Bienenvölkern im Tal. Ich aß Akazienblüten. Sie hatten innen einen süßen Rüssel. Ich zerbiß ihn und hielt ihn lange im Mund. Wenn ich ihn schluckte, hatte ich schon die nächste Blüte an den Lippen. Es waren unzählig viele Blüten im Dorf, man konnte sie nicht alle essen. Die vielen großen Bäume blühten jedes Jahr.
Die Akazienblüten darf man nicht essen, sagte Großvater, es sitzen kleine schwarze Fliegen drin, und wenn die dir in den Hals kriechen, dann wirst du stumm. Und du willst doch nicht stumm werden.

Der lange Gang mit dem wilden Wein, die Tintentrauben kochen unter ihrer hauchdünnen Haut in der Sonne. Ich backe Sandkuchen, ich zerreibe Ziegelsteine zu rotem Paprika, ich schürfe mir die Haut an den Handgelenken ab. Es brennt bis in die Knochen.
Maispuppen, Lieschenzöpfe geflochten. Maishaar fühlt sich

kühl und spröd an. Wir spielen Mutter und Vater in den Scheunen, wir liegen im Stroh nebeneinander und aufeinander. Zwischen uns sind unsere Kleider. Manchmal ziehen wir die Strümpfe aus, und das Stroh sticht uns in die Beine. Wir ziehen die Strümpfe versteckt wieder an und haben dann beim Gehen Stroh auf der Haut. Es kratzt am Fuß.
Täglich bekommen wir Kinder, Maiskolbenkinder im Hühnerstall, Puppenkinder auf der Hühnerleiter. Ihre Kleider flattern, wenn der Wind durch die Bretter kommt.

Katzenjunge werden in Puppenkleider gebunden, in die Wiege geschnürt und in den Schlaf geschaukelt. Ich singe Wiegenlieder und schaukle Katzen in den Taumel. Und unter den Kleidern sträubt sich ihr Fell. Und sie haben schon dicke trübe Augen, und dann rinnt Speichel und käsige Kotze aus dem Maul.
Großvater schneidet die Schnüre auf und läßt sie los. Sie taumeln eine Weile, dann werden die Felle wieder glatt, doch gehen sie noch immer durchs Leere, ohne aufzutreten, ohne zu leben, schauen sie tief in den Sommer.
Schmetterlinge fliegen aus den Weinreben hoch und tanzen über den Hof.
Wir jagen Kohlweißlinge mit zerbrechlichen Adern in den Flügeln. Wir warten auf ihren Schrei, wenn wir sie auf die Stecknadel spießen, doch sie haben keinen Knochen im Leib, sie sind leicht und können nichts als fliegen, und das reicht nicht, wenn es überall Sommer ist.
Sie flattern sich auf der Nadel zu Leichen.
Im Schwäbischen nennt man eine Tierleiche Luder. Ein Schmetterling kann kein Luder sein. Er zerfällt, ohne zu verwesen.
Fliegen in der Waschschüssel, ertränktes irres Ventilatorengesurr im Sauermilcheimer. Fliegen auf der seifigen grauen Wasseroberfläche in der Waschschüssel. Dicke Augen, ausge-

streckter Stachel, der ins Wasser sticht, hauchdünne tobende Beinchen.
Bald zuckt es zum letzten Mal, bleibt an der Oberfläche, immer leichter vor lauter Tod.
Zwei Tropfen Blut je Schmetterling bleiben mir unter den Fingernägeln kleben. Der abgerissene Fliegenkopf fällt wie Unkrautsamen aus meiner Hand zu Boden.
Großvater ließ uns spielen.
Nur die Schwalben muß man leben lassen, es sind nützliche Tiere, sagte er. Und das Wort Schädlinge für Kohlweißlinge und Luder für die vielen toten Hunde.
Raupen, die eigentlich Schmetterlinge sind, kriechen aus den Puppen. Puppen, an den Pfählen der Weinreben klebende, blinde Watte.
Und woher kam der erste Schmetterling, Großvater?
Und laß doch schon die dumme Fragerei, das weiß doch keiner, und geh doch spielen.
Unsere Schlafpuppen in sauberen gestärkten Kleidern auf den Betten der unbewohnten Schlafzimmer.
Seit Mutters Hochzeitsnacht hat niemand mehr in diesen Betten geatmet.
Und damals waren wir so müde, daß dein Vater, nachdem er auf dem Klo gekotzt hatte, gleich einschlief. Er rührte mich nicht an in dieser Nacht, sagte Mutter und kicherte und verstummte.
Es war Mai, und wir hatten in jenem Jahr schon Kirschen. Es war sehr früh Frühjahr geworden.
Wir gingen die Kirschen selber pflücken, dein Vater und ich. Und wir hatten uns damals beim Kirschenpflücken gestritten, wir redeten auch auf dem Heimweg kein einziges Wort miteinander. Dein Vater hat mich auch beim Kirschenpflücken im großen menschenleeren Weingarten nicht angerührt. Er stand wie ein Pfahl neben mir und spuckte ununterbrochen nasse glitschige Kirschkerne aus, und ich wußte damals, daß er mich im Leben oft verprügeln wird.

Als wir zu Hause ankamen, hatten die Frauen im Dorf schon ganze Körbe voll Kuchen gebacken, und Männer hatten schon ein junges schönes Rind geschlachtet. Die Klauen lagen auf dem Mist. Ich sah sie, als ich durchs Tor und in den Hof trat.
Ich ging auf den Dachboden weinen, damit mich niemand sieht, damit niemand erfährt, daß ich keine glückliche Braut bin.
Ich wollte damals sagen, ich will nicht heiraten, aber ich sah das geschlachtete Rind, und Großvater hätte mich umgebracht.
Ein Husten schüttelt Mutters Kopf und sprüht Speichel aus ihrem Mund. Ihr Hals wird sehr faltig dabei. Er ist kurz und dick. Einmal wird er doch schön gewesen sein, einmal, bevor es mich gab.
Seitdem es mich gibt, sind Mutters Brüste schlaff, seitdem es mich gibt, hat Mutter kranke Beine, seitdem es mich gibt, hat Mutter einen Hängebauch, seitdem es mich gibt, hat Mutter Hämorrhoiden und quält sich stöhnend auf dem Klo.
Seitdem es mich gibt, spricht Mutter von meiner Dankbarkeit als Kind und kommt ins Weinen und kratzt sich mit den Fingernägeln der einen Hand an den Fingernägeln der anderen. Ihre Finger sind rissig und hart.
Nur beim Geldzählen sind sie glatt und gelenkig wie Spinnen, wenn sie einen Faden weben.
Mutter hält das Geld im Schlafzimmer in der Röhre des Kachelofens. Vater verlangt immer Geld, wenn er etwas kaufen will. Er will jeden Tag etwas kaufen und verlangt jeden Tag Geld, weil alles Geld kostet. Und Mutter fragt ihn jeden Abend, was er mit dem Geld gemacht hat, was er mit dem vielen Geld schon wieder gemacht hat.
Wenn Mutter Geld nehmen geht, zieht sie die Rolläden der Fenster nicht hoch. Sie knipst am hellen Tag das Licht im Zimmer an, und der Leuchter mit seinen fünf Armen strahlt aus einer einzigen trüben Glühbirne. Seine anderen vier Arme sind blind.
Mutter spricht laut beim Geldzählen, damit sie die Scheine

besser wahrnehmen kann mit den Händen und Augen. Sie zählt immerzu Hundertleischeine und spuckt sich von Zeit zu Zeit auf die Fingerspitzen.

Ihre Hände sind rissig und im Sommer grün wie die Pflanzen, mit denen Mutter umgeht.

Abends im Frühjahr kommt Mutter vom Disteljäten und bringt mir Sauerampfer in der Tasche und im Sommer eine riesengroße Sonnenblume mit.

Ich stelle mich in den Hinterhof und esse die Kerne zusammen mit den Hühnern. Dabei denke ich an das Märchen, in dem ein Mädchen immer zuerst ihre Tiere fütterte und dann erst selber aß. Und das Mädchen wurde später eine Prinzessin, und alle Tiere liebten sie und halfen ihr. Und eines Tages nahm ein schöner blonder Königssohn sie zur Frau. Und sie waren das glücklichste Paar weit und breit.

Die Hühner hatten alle Kerne aufgepickt und schauten mit geneigten Köpfen in die Sonne. Die Sonnenblume war leer. Ich zerbrach sie. Sie hatte innen weißes, schwammiges Mark, das an den Händen juckte.

Wenn einem eine Biene in den Mund fliegt, stirbt man. Sie sticht einen in den Gaumen. Der Gaumen schwillt so dick an, daß man an seinem eigenen Gaumen erstickt, sagte Großvater.

Ich dachte beim Blumenpflücken ununterbrochen daran, daß ich den Mund nicht öffnen darf. Nur manchmal bekam ich Lust zu singen. Ich biß die Zähne zusammen und zerdrückte das Lied. Es kam ein Summen über meine Lippen, und ich schaute mich um, ob nicht gerade wegen dem Summen eine Biene auf mich zukommt. Es war weit und breit keine Biene zu sehen.

Ich wollte aber, daß eine kommen soll. Und ich werde weiter summen und ihr zeigen, daß sie mir nicht in den Mund fliegen kann.

Zwei steife Zöpfe, die seitlich abstehen. Zwei Maschen hineingeflochten.

Die bis zum Anwuchs herabgerissenen Lieschen, weiß, mit spröden rötlichen Adern, die an den Enden dunkelrot werden und aus den Lieschen herauswachsen und zu nichts zerfließen. Die Lieschen werden ganz dünn zerschlissen, bis sie wie Haare aussehen. Meine schöne Maispuppe, mein braves stummes Kind ohne Hals, ohne Arme, ohne Beine, ohne Hände, ohne Gesicht.
Ich steche zwei Maiskörner aus. Der rauhe Kolben schaut aus den Lücken hervor wie ein abwesender Blick. Ich steche drei Körner nebeneinander aus, und drei untereinander. Ich schau den erstarrten Mund und die ausgepickte Nase an.
Eine Puppe mit feistem, hartem Gesicht. Wenn sie zu Boden fällt, wenn sie austrocknet, fallen noch Körner aus ihrem Leib, und sie wird dann ein Loch im Bauch, oder drei Augen, oder eine große Narbe auf der Nase oder Wange, oder sie wird zerbissene Lippen haben.
Die Stengel der Gräser sind krautig bis zur Durchsichtigkeit. Wenn man durch sie hindurchschaut, sieht man, daß der Sommer zerbrechlich ist.
Aus den Feldern sieht man das Dorf als Häuserherde zwischen Hügeln weiden, deren Bepflanzung nur durch die Farben erkennbar ist. Alles scheint nahe, und wenn man darauf zugeht, kommt man nicht mehr hin. Ich habe diese Entfernungen nie verstanden. Immer war ich hinter den Wegen, alles lief vor mir her. Ich hatte nur den Staub im Gesicht. Und nirgends war ein Ende.
Am Dorfausgang begegnet man den Krähen, die von Zeit zu Zeit ins Leere picken.
Weiter im Tal, im grauen Puder des Feldwegs stehen Hagebutten und haben Sonnenstich in ihren roten Köpfen. Und die Schlehen nebenan bleiben blau und kühl. Ihre Blätter sind vom kalkigen Schiß der Singvögel besudelt.
Sie singen immer das gleiche Lied. Wenn sie weg sind, ist auch das Lied verstummt, und es bleibt überall bloß der gleiche kalkige Schiß zurück.

Im Dorf hört man die Singvögel nicht, sie kommen nicht heran an die Häuser, weil es im Dorf so viele Katzen gibt, die meisten aus der ganzen Umgebung. Und genauso viele Hunde wie Katzen gibt es im Dorf. Die Hunde schleppen ihre Bäuche durchs Gras und träufeln körperwarme Pisse in die Wege. Sie sind klein und stecken in verwetzten Fellen.

Ihre kleinen spitzen Köpfe wackeln beim Laufen, und es drehen sich wässerige ausdruckslose Vogelaugen darin. Es ist immer Angst in diesen Hundeaugen, in diesen Hundeschädeln. Fußtritte bekommen die Hunde sowohl von den Männern als auch von den Frauen. Doch sind die der Frauen nicht so hart, wegen des Schuhzeugs, das sie tragen.

Die Männer tragen diese harten hohen Schuhe. Ihre Füße stecken darin bis zum Hals, und über den Schuhzungen festgeschnürt sind dicke rauhe Schnüre.

Von diesen Tritten sind die Hunde augenblicklich tot und liegen dann tagelang gekrümmt oder ausgestreckt und steif neben den Wegen und stinken unter den Fliegenschwärmen.

Die Blattschrumpfungen fliegen durch die Luft wie unsichtbare Pilze.

Und wenn die Obstbäume erkranken, sagen die Männer im Dorf, daß wieder der verfluchte Pilz aus dem Wald da ist. Sie mischen ihre leuchtendgrünen giftigen Spritzmittel, die Bläschen auf den Blättern bilden und den Nerv verbrennen. Die Blätter bleiben rauh und löchrig wie Siebe zurück. Und an die zerschundenen Ränder binden die Spinnen ihre weißen Speichelnetze an.

Der Schlamm ist von Algen grün verfärbt.

Fliegen surren den Gänsen durch das fettige Gefieder.

Wenn der Regen, der im Sommer das Holz verfaulen läßt, die Erde aufweicht, sieht man, wie tief die Wege sind und wie ausgewaschen die Erde ist.

Die Kühe tragen dann große unförmige Schuhe aus Schlamm durch die Häusertore. Man riecht das Gras in ihren Bäuchen.

Die Grasknollen, die ihnen nach dem ersten Kauen in der Gurgel wieder hochkommen, tun mir selber in der Brust weh. Die Kühe kauen abwesend, und ihre Augen sind trunken von so viel Weide. Jeden Abend kommen sie mit diesen trunkenen Augen ins Dorf zurück.

Einmal nahm unsere Kuh mich auf die Hörner und sprang mit mir über den Graben. Dort ließ sie mich in eine tief ausgefahrene Wagenspur fallen und lief über mich weg. Ihr kotbespritztes Euter schien damals abzureißen.

Ich schaute ihr nach. Hinter ihr keuchte die heiße Luft eine Weile. Wo die Haut von meinen Knien abgeschürft war, brannte das Fleisch, und ich hatte Angst, daß ich vor so viel Schmerz nicht mehr am Leben bin, und gleichzeitig wußte ich, daß ich am Leben bin, weil es noch schmerzte. Ich hatte Angst, daß durch diese offenen Knie der Tod in mich hineinfindet, und ich legte rasch die Handflächen auf die Wunden.

Und weil ich noch am Leben war, kam der Haß.

Ich wollte ihren großen behaarten Bauch mit den Augen durchbohren, mit den Händen in ihrem heißen Gedärme wühlen, ihr bis zu den Ellbogen unter die Haut greifen.

Das Storchkraut hielt noch den Regen vom Vortag in seinem kratzigen Blattnerv. Ich wusch mich mit seinem braunen Wasser und hatte abends wirklich rote Wangen und sah im Spiegel, wie ich immer schöner wurde.

Und als ich die Kuh ins Tal trieb mit meinem Haß, suchte ich die größte Storchkrautstaude aus dem ganzen Tal. Neben ihr zog ich mich, als die Kuh ihren viereckigen Kopf ins Gras senkte und mit dem knochigen Gestell ihres Hinterns gegen mich stand, nackt aus und wusch diesmal meinen ganzen Körper. Die Kuh hatte sich zu mir umgedreht und machte unerträglich große Augen. Ich kriegte Gänsehaut von ihrem Blick. Selbst die Storchkrautstaude schüttelte sich, und sie wurde immer größer und kratziger. Da zog ich rasch meine Kleider an.

Als die Haut trocken war, spannte sie sich, und sie hatte etwas Glasiges an sich. Ich fühlte am ganzen Körper, wie ich schön wurde, und ich schritt vorsichtig aus, um nicht zu zerbrechen. Die Grashalme fächerten geschmeidig, wie von meinem Gang, und ich hatte Angst, sie würden mich zerschneiden.

24 Mein Gang hatte etwas von der gestärkten Bettwäsche meiner Großmutter an sich. Wenn ich die erste Nacht darin schlief, raschelte es bei der kleinsten Bewegung, und ich glaubte, die Haut raschelt.

Manchmal lag ich ganz ruhig da, und dennoch raschelte es. Und ich hatte Angst, daß der große knochige Mann im Zimmer ist, der am Dorfrand ein Haus gekauft hatte und von dem niemand wußte, woher er gekommen war, und von dem jeder wußte, daß er nicht arbeiten gehen mußte, weil er sein riesengroßes Skelett dem Museum verkauft hatte und dafür monatlich Geld bekam.

Dieser Mann war nächtelang bei mir im Zimmer. Immerzu sah ich ihn hinter dem Vorhang, unterm Bett, hinterm Kasten, im Kachelofen.

Wenn nachts der Schlaf verscheucht war von meiner Angst, wenn ich aufstand und die Möbel im Dunkeln abtastete und ihn nicht fand, wußte ich dennoch, daß er da war.

Am Morgen saßen bloß braune staubige Nachtfalter, die abends an den Lampenschirm schlugen, an der Zimmerdecke. Ich faßte sie an. Meine Finger waren mehlig und braun, und an der Stelle, wo ich sie berührt hatte, blieben ihre Flügel durchsichtig. Wenn ich die Falter losließ, flatterten sie noch eine Weile unter meinem Knie. Höher ging es nicht mehr, und ich trat mit meinem Schuh auf sie und wollte sie erlösen. Es platzte ein samtiger praller Bauch und verspritzte eine weiße Milch auf den Fußboden. Dann kroch der Ekel aus meinen Schuhen an mir hoch und legte seine Schnüre um meine Kehle, und seine Hände waren dürr und kalt wie die Hände der Alten, die ich in den Betten mit Deckeln sah, vor denen man schweigend saß und betete.

Den alten Frauen zitterte das Kinn über den steifen Knoten der Kopftücher. Ich sah den Schleim in ihren schütteren nassen Wimpern und verstand den Sinn ihrer Tränen nicht.
Von diesen Betten sagte Großmutter, es seien Särge, und von denen, die darin lagen, sagte sie, sie seien tot. Und sie glaubte, als sie das sagte, ich werde das Wort nicht verstehen. Ich verstand es, ohne es jemals vorher gehört zu haben. Ich trug es mit mir herum tagelang, und ich sah in jedem Stück Huhn, das in der Suppe lag, eine Leiche, und Großmutter nahm mich nicht mehr mit zu den Toten.
Aber wenn nachmittags an Werktagen die Musik im Dorf spielte, wußte ich, daß wieder jemand gestorben war.
Ich verstand nicht, weshalb das Sterben immer hinter den Wänden der Häuser blieb und man es nie sehen konnte, oder nur dann, wenn es fertig war, obzwar man ein Leben lang daneben wohnte.
Einmal war ein Mann auf freiem Feld gestorben. Der Blitz hatte ihn erschlagen. Es war der erste Mann dieser Frau, die dann ihren Schwager heiratete, der dann an einer Lungenkrankheit starb, die dann jahrelang alleinblieb, weil sie niemand mehr heiratete, die dann, als ihr Sohn, der dem Lumpensammler, der im Sommer durchs Dorf zog, glich und wie kein anderer im Dorf ein Büschel graues Haar unter der Schläfe hatte, erwachsen war, einen Mann aus einem Nachbardorf heiratete, der noch immer am Leben ist und sein Kind selber zur Taufe tragen mußte, weil niemand Pate sein wollte, da jeder glaubte, der Tod werde auch ihn nehmen, wenn er mit dem Kind dieser Frau in Berührung komme.
Später, als ich in die Stadt kam, sah ich das Sterben auf der Straße, ehe es noch fertig war.
Da fielen Menschen auf den Asphalt, wimmerten, zuckten und gehörten niemand. Und es kamen Leute, die streiften ihnen die Ringe ab und die Armbanduhren, solange die Hände noch nicht ganz steif waren, und rissen den Frauen die Goldketten vom

Hals und die Ringe aus den Ohren. Die Ohrläppchen rissen und bluteten bald nicht mehr.

Einmal bin ich alleingeblieben mit einem fremden Toten. Und nachdem ich ihn viel zu lange angeschaut hatte, lief ich weinend in die erstbeste Straßenbahn, die mich in einen mir unbekannten Stadtteil fuhr. An der Endstation hieß der Schaffner mich aussteigen, dicht neben einem Baum.

Alle Straßen waren auf dem Rückweg mit feisten Mauern verbaut.

Ich schaute wie aus einer Schlucht an den Wohnblocks hinauf und sagte vor mich hin, daß die Leute bei mir zu Hause nicht auf der Straße liegen, sondern in Betten mit Deckeln, vor denen man sitzt und betet.

Und man hält sie noch lange im Haus, die Toten. Erst wenn ihre Ohren an den Rändern grünlich werden vor Verwesung, hört man mit dem Weinen auf und trägt sie aus dem Dorf hinaus.

Und man sagt, daß der Letztgestorbene so lange den Friedhof hüte, bis ein nächster stirbt.

Quietschende Molche in einem Nest, das einer Handvoll zermürbter Maishaare gleicht. Aus jeder nackten Maus sickern verklebte Augen. Dünne Beinchen wie nasser Zwirn. Gekrümmte Zehen.

Der Staub rieselt herab vom Bretterboden.

Man kriegt kreidige Hände davon, und auf der Gesichtshaut setzt er sich ab, daß man das Gefühl des Austrocknens hat.

Weidengeflochtene Körbe mit zwei Griffen, die in die Handfläche schneiden. Es wachsen Schwielen darin und Wasserblasen, heiß und hart, in denen der Schmerz hämmert.

Die alten Mäuse sind grau und gepolstert, als wären sie ein Leben lang immer nur gestreichelt worden. Sie laufen lautlos hin und her und ziehen ihrem Gang lange runde Schnüre nach. Und ihr Kopf ist so klein, als müßten sie aus dieser Schädeldecke alles spitz sehen, und schmal und flach.

Schau, wieviel Schaden sie anrichten, sagt Mutter. All die Spreu da unten war einmal Mais, und sie haben ihn ganz gefressen.
Unter einem Maiskolben schnüffelt eine Nase hervor, dann zucken zwei Augen. Mutter hat schon einen Maiskolben in der Hand. Der Hieb trifft auf den Schädel. Es piepst, über die Nase kriecht ein Blutfaden. So wenig Leben, daß auch das Blut blaß bleibt.
Der Kater kommt heran, wälzt die tote Maus mal auf den Rücken, mal auf den Bauch, bis sie sich nicht mehr regt.
Gelangweilt beißt der Kater den Kopf ab. Es knirscht in seinem Gebiß. Manchmal sieht man beim Kauen seine Zähne. Knatschend geht er davon. Der Bauch der Maus bleibt liegen, grau und weich wie Schlaf.
Er ist satt, sagt Mutter. Es ist die vierte, die ich ihm heute gefangen hab. Er selbst fängt sich ja keine. Da laufen sie ihm zwischen den Pfoten herum, und er schläft, der Faulpelz.
Körbe werden mit Mais gefüllt. Der Speicher scheint immer größer zu werden. Wenn er ganz leer ist, wird er am größten sein.
Die Maiskolben rollen mir wie von selbst in die Hände und fallen wie von selbst in den Korb.
Die Handfläche schmerzt nur, wenn sie leer ist. Wenn der Mais daran reibt, fühl ich den Schmerz nicht mehr, er ist so stark, er ist so groß, daß er sich selber tötet. Es kribbelt, und dann gibt es die Hand mit der Handwurzel und den Fingern nicht mehr.
Ich nehme die Kolben von unten. Ich baue einen Gang für die Flucht der Mäuse. Ich habe dabei einen dicken Knoten Angst in der Kehle stecken, einen dicken Knoten Atem.
Zwei Mäuse klettern an der Lattenwand hoch. Mutter teilt zwei Hiebe aus, und sie fallen herab.
Der Kater beißt zwei Köpfe ab. Seine Zähne knirschen.
Es ist Oktober, und es ist Kirchweih im Oktober.
Der Nachbarjunge schoß für mich an einer Schießbude.

Auf Blechtafeln waren ein Huhn, eine Katze, ein Tiger, ein Zwerg und ein Mädchen gezeichnet. Der Zwerg hatte einen Bart und glich einem Weihnachtsmann.

Der Mann aus der Schießbude hatte einen einzigen Arm. Er
nahm das Geld, das ich ihm, auf den Zehenspitzen stehend,
28 hinhielt. Er lud ein Gewehr mit der Hand und dem Knie. Er
hielt das Gewehr meinem Jäger hin.

Mein Jäger legte an. Was soll ich schießen, fragte er. Ich sah die Blechtafeln der Reihe nach an.

Das Mädchen, sagte ich, schieß das Mädchen.

Er drückte die Augen so fest zu, daß sein ganzes Gesicht einseitig wurde und so streng wie das Gesicht eines wirklichen Jägers aussah.

Er drückte ab, und die Blechtafel kippte um. Sie baumelte eine Weile hin und her, dann blieb sie stehen. Das Mädchen hing mit dem Kopf nach unten. Es machte Kopfstand.

Getroffen, sagte der Mann aus der Schießbude. Sucht euch etwas Schönes aus.

An einer Schnur hingen Sonnenbrillen, Halsketten, Puppen in steif abstehenden Schaumgummikleidern und Brieftaschen mit Bildern nackter Frauen auf der Außenseite.

Auf der Tischplatte standen Stehaufmännchen und Mäuse. Eine Maus sah besonders plump aus. Ich nahm sie mir.

Sie war dunkelgrau, hatte einen viereckigen Kopf, Fetzenohren, einen Lederschwanz und eine Spule unterm Bauch, mit einem langen weißen Faden. Am Fadenende war ein blanker Metallring befestigt.

Ich stellte die Maus auf den glatten Handteller und bohrte die Fingerspitze durch den Ring. Dann nahm ich die Hand weg.

Die Maus surrte zu Boden und schlug einen großen Bogen. Ich schaute ihr mit gespanntem Gesicht nach.

Ihr Laufen klapperte.

Nachdem sie stehengeblieben war, lachte ich in kurzen Abständen.

Dann spulte ich den Faden wieder auf, stellte die Maus von neuem auf den Handteller und bohrte die Fingerspitze durch den Ring. Dann zog ich die Hand weg.

Die Maus surrte zu Boden und schlug einen großen Bogen, ihr Laufen klapperte wieder, und ich lachte wieder.

Ich lachte bis spät abends, als im Dorf die Glühbirnen angingen.

Die Musik spielte. Die Paare gingen zum Vortänzer. Die Kinder hüpften dem Zug auf dem Fahrweg nach. Man sah sie nicht im aufgewirbelten Staub. Ich hörte sie lärmen. An den Ecken tanzten sie im Kreis, viele Male rundherum, und dann hüpften sie weiter.

Ich hielt meine Maus in der Hand und ging auf dem Gehsteig nach Hause. In jener Nacht lag die Maus neben meinem Bett auf dem Fensterbrett.

Die Nacht war am Erfrieren. In den Scheunen schürten leuchtende Katzenaugen das Feuer. Es schneite auf umherstreunende Hunde.

Ich hörte das Schwein. Es stöhnte.

Sein Widerstand war so klein, daß die Ketten überflüssig waren.

Ich lag im Bett. Ich fühlte das Messer an meiner Kehle.

Es tat mir weh, der Schnitt ging immer tiefer, mein Fleisch wurde heiß, es begann zu kochen in meinem Hals.

Der Schnitt wurde weit größer als ich, er wuchs übers ganze Bett, er brannte unter der Decke, er stöhnte sich ins Zimmer.

Die zerrissenen Eingeweide rollten über den Teppich hin, sie dampften und rochen nach halbverdautem Mais.

Ein maisvoller Magen hing über dem Bett an einem Darm, der immer dünner wurde und zuckte.

Als der Darm abreißen wollte, zündete ich das Licht an.

Ich wischte mir mit dem Handrücken den Schweiß von der Stirn.

Ich zog mich an. Meine Hände zitterten beim Zuknöpfen.

Meine Ärmel, meine Hosenbeine waren wie ein Sack. Meine ganzen Kleider waren wie ein Sack. Das ganze Zimmer war wie ein Sack. Ich selber war wie ein Sack.

Ich ging in den Hof hinaus, ich sah den großen Körper am Ständer hängen. Dicht über dem Schnee war eine kreisrunde blutende Nase, wie ein Gehäuse. Ein großer weißer Bauch, wie der eines schwangeren Fisches. Ein großes kauendes Säugetier. Blutflecken auf dem Schnee. Schneewittchen hatte Haut so weiß wie Schnee und Wangen so rot wie Blut. Schnee mit Blut bespritzt, Schnee und Blut über sieben Berge.

Kinder hören sich das Märchen an und befühlen sich die samtig glatte Wange.

Die Kälte frißt an den Häusergiebeln mit ihrem Salz.

Mancherorts bröckeln die Aufschriften ab. Buchstaben und Ziffern fallen in die Jahreszeiten, die wie knochige Spechte auf den Zäunen sitzen und die Hausarbeiten der Frauen auspicken, die tagsüber immer allein sind und sich verfangen in den dunklen Falten ihrer Röcke. Sie gehen stumm in ihren Häuserwänden ein und aus, und hinter ihren Rücken lehnen sich die Türen krächzend an die Zimmer an.

Mittags brechen sie ihr Schweigen durch Zurufe, die den Hühnern gelten, die mit zerzaustem Gefieder, angelockt von gelben glänzenden Maiskörnern in den Hof flattern, ihre Federn umherstreuen und den Wind mitbringen von den Straßen.

Die Kinder kommen schreiend aus der Schule. Die Großen stecken den Kleinen Schnee ins Genick und schlagen ihnen ihre Schultaschen auf den Rücken, und reißen ihnen die Mützen vom Kopf, und werfen sie in den Dreck, und stecken ihnen die Köpfe in den Schnee.

Und wenn ihre Köpfe blau vor Kälte sind und vor Angst, weinen sie gequält und laufen mit verzerrten Kleidern in die Häuser.

Die vermummten Männer, die unter ihren mottenzerfresse-

nen Pelzmützen aus dem Wirtshaus kommen, gehn gedankenlos vorüber und reden mit sich selbst. Sie haben lilafarbene Lippen und Augenlider und gleichen den Schneemännern, die mit ihren dicken Bäuchen, mit denen sie das Dorf umrennen könnten, an den Straßenecken aus dem Nebel treten.
Im Frühjahr, wenn die Sonne ihre harten Leiber schaumig leckt, werden unter ihren Bäuchen die Grasspitzen sichtbar, und in den Kellern werden Balken gelegt, auf denen die Männer wie große Sumpfvögel zu den Weinfässern stelzen. Und wenn der Wein in ihren Gurgeln gluckst, gluckst auch das Wasser in ihren Schuhen.
Dieses Wasser ist gelb und hart, und beim Waschen bildet es Grieß statt Schaum, und die Wäsche wird davon grau und spröd.
Die Frauen wehen mager in ihren langen Kitteln über die Straßen.
Sie gehn an den leeren Vormittagen in den faltigen Satteln ihrer Blusen und im knochigen Karton ihrer Kopftücher, die spitz auf ihrem Haar sitzen, ins Geschäft und kaufen Hefe oder ein Päckchen Zündhölzer.
Und der Teig, den sie kneten, bläst sich auf wie ein Ungeheuer und kriecht, irr und besoffen von der Hefe, durch das Haus.
Die alten Frauen schlürfen beim Frühstück die dicke Haut von der Milch und kauen nasses Zuckerbrot und haben in den Augenwinkeln noch den Schleim der Nacht. Und mittags kauen sie die Stärke aus den runden weißen Nudeln.
An den Winternachmittagen sitzen sie am Fenster und stricken sich selber mit hinein in ihre Strümpfe aus kratziger Wolle, die immer länger werden und so lang sind wie der Winter selbst, die Fersen haben und Zehen und behaart sind, als könnten sie von alleine gehen.
Und die Nasen über den Stricknadeln werden immer länger und glänzen fettig wie gekochtes Fleisch. Die Tropfen hängen eine Weile an ihnen und glitzern, dann fallen sie in die Schürzen und verschwinden.

An den Wänden hängen ihre Hochzeitsbilder. Sie haben schwere Kränze auf der flachen Bluse und im Haar. Sie haben schöne schlanke Hände überm Bauch und haben junge traurige Gesichter. Und auf den Bildern, die daneben sind, haben sie Kinder an der Hand und runde Brüste unter ihren Blusen, und hinter ihnen steht ein Wagen, darauf aufgetürmt das Heu.
Während des Strickens wachsen schmächtige Barthaare aus ihrem Kinn, die immer blasser werden und grauer, und manchmal verirrt sich ein Faden davon in den Strumpf.
Ihre Schnurrbärte wachsen mit dem Alter, aus den Nasenlöchern und Warzen stehen Haare hervor. Sie sind behaart und haben keine Brüste mehr. Und wenn sie mit dem Altern fertig sind, dann gleichen sie den Männern und entschließen sich zu sterben.
Draußen glitzert der Schnee. Neben den Wegen haben die Hunde gelbe Flecken in den Schnee gepißt und die starren Gestrüppreste entkleidet.
Am Dorfrand werden die Häuser niedrig, so flach, daß man nicht genau sieht, wo sie aufhören. Das Dorf kriecht über die dicken warzigen Kürbisse, die vergessen im Feld liegen, ins Tal.
Wenn es dunkel wird, tragen die Kinder ihre gruseligen besoffenen Kürbislichter durchs Dorf.
Den Kürbissen wird das Mark ausgeschabt. In das Gehäuse werden zwei Augen, eine dreieckige Nase und ein Mund geschnitten.
In das Kürbishaus wird eine Kerze gestellt. Die Flamme leuchtet durch Augen-, Nasen- und Mundlöcher.
Die Kinder schaukeln die abgeschnittenen Köpfe durch die Dunkelheit. Sie laufen weinend in die Häuser.
Die Erwachsenen gehen vorbei.
Die Frauen ziehen ihre Schultertücher enger an sich und bleiben mit den Fingern in den Fransen hängen. Die Männer greifen sich mit dicken Mantelärmeln ins Gesicht.
Die Landschaft löst sich auf in Dämmerung. Die Fenster unserer Häuser leuchten wie das Kürbislicht.

Der Arzt wohnt weit. Er hat ein Fahrrad ohne Licht und bindet sich die Taschenlampe an den Mantelknopf. Ich weiß nicht, welches der Arzt und welches das Fahrrad ist. Der Arzt kommt viel zu spät. Mein Vater hat seine Leber ausgekotzt. Sie stinkt dort im Eimer wie faule Erde.

Meine Mutter schwebt mit übergroßen Augen vor ihm her und flattert mit ihrem riesengroßen Küchentuch Luft in sein Gesicht und weint.

Im ausgehöhlten Kopf meines Vaters hat sich die Kerze zu Ende genarrt.

Am Dorfrand liegt das alte Geschirr. Abgewirtschaftete verbeulte Töpfe ohne Böden, verrostete Eimer, Sparherde mit zerbrochenen Platten und ohne Füße, durchlöcherte Ofenrohre. Aus einer Waschschüssel ohne Boden wächst Gras mit leuchtendgelben Blütenständen.

Der Wurm frißt im bitteren Fleisch der Schlehen und treibt einen farblosen Saft durch die blaue verhauchte Fruchtschale.

Im Inneren des Strauches sind die Blätter am Ersticken. Die Zweige stoßen sich aus dem Graben, sie wachsen in langen spitzen Stacheln zu Ende und verformen sich auf der Suche nach Licht.

Im Tal gibt's eine starke Brücke aus Eisen, über die der Zug in dieselbe Ebene fährt, in eine andere Ortschaft, die genau so aussieht wie dieses Dorf. Unter der Brücke ist im Winter Schnee und im Sommer Schatten. Wasser ist nie darunter. Der Fluß kümmert sich nicht um sie, er fließt an ihr vorbei. Im Sommer, an heißen Tagen, sammeln sich die Schafe hier.

Die Brennesseln peitschen ihre bewegten Schatten ins Dorf. Sie kriechen mit ihrem Feuer in die Hände und lassen rote geschwollene Bisse zurück, deren Zungen am Blut lecken und in den Adersträngen der Hände schmerzen.

Die Enten tauchen unter im warmen Schlamm des Teiches. Am anderen Ufer kommen sie weiß und trocken wieder an die Oberfläche, als wären sie nirgendwo gewesen.

Sie sind fett und haben verkümmerte Flügel, und ihre spärlich durchbluteten Gehirne haben längst vergessen, daß sie Vögel sind.

Die Frauen benützen ihre Flügel, um das Mehl und die Brotkrümel von den Tischplatten zu kehren.

34 Aus ihren Schnäbeln tropft Schlamm, der wieder zurückfällt in den Teich und ein weit auslaufendes Zittern ins Wasser bringt.

Im Sommer zupfen die Frauen ihnen den weißen Flaum vom Bauch. Sie watscheln einen Sommer lang zerfranst durchs Gras und schleifen ihre Flügel hinter sich her, und zucken damit, als wären es Schultern, und latschen den dünnen Furchen der Würmer nach, und schnattern sie sich in den Schlund, und zerknabbern die langgestreckten Sprünge der Frösche.

Und wenn der Herbst kommt, werden sie geschlachtet.

Unten am Hals, eine daumengroße Stelle breit, werden die Federn ausgezupft. Die Hauptader wird sichtbar und tritt vor Angst immer dicker und blauer hervor. Großmutter stellt sich mit den Hausschuhen auf die Flügel. Dann wird der Kopf rückwärts gehalten, dann dringt das Messer in die dickste Ader ein, und der Schnitt spreizt sich weiter und offener. Das Blut spritzt und tropft, dann rinnt es in die weiße Schale. Es ist heiß, und an der Luft wird es schwarz und bedrohlich.

Großmutter steht mit ihren Hausschuhen auf den Flügeln, schaut gebückt und abwesend einer Fliege nach, legt sich die freie Hand auf den Rücken und klagt über ihre Kreuzschmerzen.

Das Blut ist ausgetropft.

Großmutter nimmt die Füße von den Flügeln. Der leere Körper zuckt an den Schwimmhäuten. Der Tod ist da, die weißen Federn gehören wieder einem Vogel. Jetzt wird er fliegen.

Der Sommer ist hoch oben.

Er verschwindet im Eimer mit kochendem Wasser. Großmutter zieht ihn an den Füßen heraus. Die Federn sind jetzt naß und scheinen schütter. Großmutter hat einen Vogel ins Wasser gesenkt und zieht einen fadenscheinigen Wollstrumpf hervor, mit einem Kopf, der die Augen nicht schließen will. Sie zupft die Federn aus den Poren der gelben Haut und wirft sie ins Wasser. Sie sinken auf den Grund. Manche schwimmen an der Eimerwand, schwimmen im Kreis, als würden sie etwas suchen.

Großmutter schneidet einen Deckel in die Brust. Sie hebt ihn hoch. Es dampft und riecht nach Wärme und nach halbverdauten Fröschen.

Im dünnen durchsichtigen Kropf hat sich der grüne Moder des Teiches abgesetzt.

Morgen ist Sonntag, und ich habe, wenn es Mittag läutet, ein Herz und einen Flügel im Teller liegen.

Schöner Sonntag, besten Appetit.

Hinter den Scheunen, in der Milch der Butterblumen und im Haar der Disteln, ringeln sich die Schlangen. Manchmal bewegen sich die Blätter und Stengel. Es ist niemand da. Auch nicht der Wind.

Man schaut darüber. Es wächst der Krampf, der seine Haken ins Fleisch setzt, sie gleiten an den Knochen der Füße aus und fallen herab. Man schaut zu Boden, man sieht seine Schuhe irgendwo weit und blutig allein davongehen, und die Angst ringelt sich durch das weiße umherschwebende Gefieder der verblühten Butterblumen. Jedes Blatt, jeder Stengel wird eine Schlange. Das Gezücht wimmelt im Klee, es sammelt und knäult sich im Hals und im Bauch.

Nachts kommt der Traum durch den Hinterhof ins Bett.

Da steht der Strohschober mit seinen regenfaulen Halmen wie Schlamm. Lange schwarze Schlangen kriechen darüber und wühlen sich in ihn hinein. Im Inneren ist das Stroh trocken und leuchtendgelb wie die Blüten der Gräser. Die Schlangen sind kalt und naß.

Der Hof verschwindet, die Gärten verschwinden, das ganze Haus verschwindet im Stroh. Man sieht kein Fenster mehr, keinen Zaun, keine Bäume, kein Dach. Mutter geht mit ihrem stumpfen Besen hinaus auf die Straße. Und wie sie mit dem Kehren beginnen will, kriecht eine Schlange auf den Besenstiel. Sie wirft den Besen hin und läuft weinend davon, hinein in die Straße und schreit um Hilfe. Die Fenster bleiben zu, die Rolläden bleiben zu. Es ist kein Mensch im ganzen Dorf zu sehen.

Ich bin aufgewacht, im Genick und auf der Stirn ist mein Haar naß und verwühlt. Großmutter sagt, daß ich im Traum geschrien habe.

Die Schlangen kriechen zurück in die Zacken der Butterblumen.

Und dann bringt Großmutter eines Tages die Schlangen wieder her. Sie kriechen aus dem Sattel ihrer Bluse, aus ihren Stimmbändern, aus einem Gespräch, das wie immer mit »früher« beginnt.

Sie knetet das Salz in den Teig, in dem ihre Arme bis zu den Ellbogen verschwinden. Ich schütte Wasser nach.

Großmutter, du hast so harte Hände.

Früher gab es viele Schlangen im Dorf. Sie krochen vom Wald durch den Fluß in die Felder, von den Feldern in die Gärten, von den Gärten in die Höfe, von den Höfen in die Häuser. Dort ringelten sie sich tagsüber hinter die Bodentreppen, und nachts schlürfen sie die kühle Milch aus den Eimern.

Die Frauen nahmen die Kinder mit zur Arbeit in den Hof und in den Garten. Sie setzten sie in Weidenkörbe zwischen Decken und stellten die Körbe in den Schatten der Bäume. Sie hackten Grasbüschel mit Wurzelwerk und einem Knoten Erde aus den Beeten. Sie atmeten, hackten und schwitzten.

Sie wohnte am Dorfrand. Sie war im Garten und hatte das Kind im Weidenkorb unter den Baum gestellt. Neben dem Korb lag eine Flasche Milch. Sie hackte im Kartoffelkraut, schaute zur Sonne, roch nach Schweiß, legte die Hacke hin und ging unter den Baum.

Ihre Blicke wurden leer, die Kleider klebten ihr an der Haut. Sie wurde lahm. Sie riß das Kind hoch, sie schluchzte und schrie, und während sie taumelte im Gras, kroch die Schlange lang und faul aus dem Korb ins Gras, und in einigen Sekunden wurde das Haar grau auf dem Kopf der Frau.
Im Garten blieb die Hacke und unterm Baum der Weidenkorb.
Die Schlange hatte die Flasche leergesaugt.
Das Haar der Frau blieb grau, und die Leute aus dem Dorf hatten endlich den Beweis, daß sie eine Hexe war.
Sie redeten nur noch von Zauberei und ließen sie mit sich allein. Sie gingen ihr aus dem Weg und beschimpften sie, weil sie ihr Haar anders kämmte, weil sie ihr Kopftuch anders band, weil sie ihre Fenster und Türen anders anstrich als die Leute im Dorf, weil sie andere Kleider trug und andere Feiertage hatte, weil sie nie das Straßenpflaster kehrte und beim Schlachten soviel trank wie ein Mann, und abends betrunken war, und statt Geschirr zu waschen und Speck zu salzen, allein mit dem Besen tanzte.
Und nachdem ihr Mann im Frühjahr bleich und durchsichtig geworden war, lag er eines Morgens steif und kalt im Bett.
Sie mußte ihn hinterm Friedhof im Schilf begraben, wo beim Gehen das Wasser gluckste.
Das Schilf wurde in diesem Sommer hoch und undurchsichtig wie noch nie.
Die Frösche quakten und wurden kälter und quollen dicker auf, die Libellen wurden knacksiger im Flug, zitterten und blieben hängen im weißen Staub der Schlangenblumen. Sie waren tot und saßen schön und leer im Schilf.
Abends stieg Rauch aus dem Schilf. Die Hexe hatte wieder Kerzen gebrannt.
In diesem Sommer roch das Dorf so herb wie nie zuvor. Das Unkraut war wild und wucherte und brannte in allen Farben der Verschwendung.
Die Frauen sprachen flüsternd, wenn sie einander auf der

Straße begegneten, und zogen sich die knochigen Kopftücher tief ins Gesicht, und begannen sich zu gleichen.

Vom langen Flüstern wurden ihre Stimmen rauh wie die der Männer, und ihre Gesichter wurden hart.

Die Männer fuhren auf krächzenden Wagen zusammenge-
38 drängt aufs Feld hinaus und blieben bei der Arbeit stumm. Sie
zogen die Sensen durchs Gras und schwitzen von der Arbeit
und vom Schweigen.

Im Wirtshaus wurde nicht gelacht und nicht gesungen. Die Fliegen surrten an den Wänden irre aufdringliche Lieder.

Die Männer saßen einzeln und versenkt hinter den Tischen und gossen sich das brennende Getränk tief in den Hals, ließen dann die kurzen Wimpern fallen, schlossen die Lippen fest und schoben ihre Backenknochen hin und her.

Die Gärten rochen feucht und bitter.

Der Salat wuchs dunkelrot und hart und raschelte in ihren Wegen wie Papier. Und die Kartoffeln waren grün und bitter unter ihren Schalen und hatten tief ins Fleisch gesenkte Augen. Sie waren klein und hart und blieben über Winter in der Erde. Ihr Kraut jedoch war hoch und üppig und streute seine Blüten in den Sommer.

Der Meerrettich wuchs schäumend in die Beete, und seine Wurzeln waren scharf und holzig wie noch nie.

Die Hagebutten blieben grün und sauer. Der Sommer war zu naß für sie.

An einer Straßenecke stand die Hexe.

Die Frauen rissen ihre weißen Bettücher zu Schleifen und banden sie in die Gärten. Über den Schleifen war der Himmel schwarz von Vogelscheuchen. Alle Gärten waren damit vollgestellt.

Die Frauen stopften die Anzüge der Männer aus mit Stroh und spießten sie auf hohe Pfähle. Sie setzten ihnen Hüte auf, die Hüte schaukelten im Wind, sie hatten weder Köpfe noch Gesichter.

Die Vögel waren ausgezehrt und blieben schreiend in der Luft. Der Hunger flatterte. Er wuchs im Wald und mied das Dorf, das einer schwarzen Insel glich.
Und als der Winter kam, wurden die Gärten kahl. Die Beete waren hart und leer. Die Vogelscheuchen blieben auf den Pfählen und wuchsen, als es schneite, warnend in die Luft. Sie wurden große Zauberer aus Eis und Porzellan und ragten hoch hinaus über die Bäume.
Aus ihren Hüten fiel der Schnee ins Dorf, die Wolken sammelten sich auf ihren Schultern. Die Krähen flatterten aus ihrem Hals ins Tal.
Es schneite in den langen Flur, der nur um eine Treppe höher als die Straße lag. Im Hof zerbrach das dürre Gras. Die Hühner kauerten sich in den Türen ineinander. Im Haus lagen die Zweige überall umhergestreut. Es knackte in den Zimmern wie im Wald. In der Zimmermitte stand ein Hackklotz, daneben lag die Axt.
Im Brunnen schwimmt der Ton der Axt. Die Hexe hackt wieder ihr Holz im Zimmer. Aus ihrem Schornstein riecht es nach verbrannten Äpfeln.
Im Dorfe gehn die Weihnachtsmänner hin und her.
Die Kinder haben Angst vor ihren Nüssen und Orangen.
Frohe Weihnachten.
Zu Neujahr kommt ein Brief ins Dorf. Der Postmann schaut den Stempel lange an. Er ist aus einer unbekannten Ortschaft irgendwo im Land. Den Namen Lena gibt es nicht in unserem Dorf. Der Brief kann nur für diese Kolonistin sein, für diese junge Hexe mit dem grauen Haar.

Großvater weiß manchmal, daß er nicht weiß, was er weiß. Er geht dann allein durch das Haus und durch den Hof und redet mit sich selbst. Einmal, als er im Stall Rüben hackte, sah ich ihn, und er sah mich nicht. Er redete laut vor sich hin, bewegte die Arme, ohne die Axt aus der Hand zu legen. Er hackte in der

Luft herum, stand auf und ging rund um den Rübenkorb, und sein Gesicht wurde immer verzerrter. Und er sah einen Augenblick so jung aus, wie schon lange nicht mehr.

Großvater zupft an seinem dichten Schnurrbart. Es bleiben ihm Haare in der Hand. Er schaut sie an und wirft sie dann zu
40 Boden, und vergißt kein einziges Mal draufzutreten.

Großvater schläft seit einigen Nächten im Stall auf dem Fuderhäuschen. Die Kuh soll kalben. Sie steht mit dem Hintern gegen ihn und platscht diesen grünlichen dünnen Rübenkot ins Stroh, der spritzt an die Wände, bleibt wie Fliegen an der Kalkwand kleben und verdampft in der Luft. In dieser warmen Luft vergißt die Kuh zu kalben.

In der Küche auf dem katholischen Wandkalender ist der Termin längst überschritten. Neben einem eingekreisten Datum steht: Kuh gedeckt. Und neben anderen Zahlen steht: Glucke angesetzt, Tabak abgegeben, Schweine gekauft.

Ich schaue den dicken harten Bauch der Kuh an und bezweifle, daß sie mit diesem Bauch am Leben bleiben wird. Ich glaube, es ist bloß ein großer Stein darin.

Ich darf auch heute nicht dabeisein, wenn die Kuh kalbt. Ich sehe immer nur das fertige Kalb neben ihr auf dem Stroh. Es ist knacksig und zittert mit den Beinen. Sie haben es mit Kleie bestreut, und die Kuh leckt die glitschige Hülle von seinem Fell.

Ich bin wieder empört über die List, das Kalb mit Kleie zu bestreuen. Ich weiß, daß auch das ein Betrug ist.

Auch die Katze zeigt mir ihr eingerissenes Ohr, und der Schnee ist mit Blut bespritzt. Auch wenn der Sommer kommt, bleibt der Fleck, immer bleibt er da, weil ich ihn gesehen habe an diesem Ort.

Meine Schlafpuppe liegt mit dem Gesicht im Polster des Stuhls. Ich lege sie auf den Rücken. Sie hat eine abgeschlagene Nase. Sie hat dicke Winterkleider an. Ihre Augen sind verdorben. Ich sehe hinein, sie sind ein tiefes Loch mit Plastikkugeln

drin, die an einer Feder hängen. So sind die schönen blauen Augen meiner Puppe.
Eisblumen spinnen ihr Dickicht über die Fenster. Ich fühle einen schönen Schauder auf der Haut. Mutter schneidet mir die Nägel so kurz, daß mir die Fingerspitzen wehtun. Ich fühle mit den frischgeschnittenen Fingernägeln, daß ich nicht richtig gehen kann.
Ich gehe immerzu auf den Händen. Ich fühle auch, daß ich mit diesen kurzen Nägeln nicht richtig reden und nicht richtig denken kann. Und der Tag ist nichts als eine riesengroße Anstrengung.
Die Eisblumen verschlingen ihre eigenen Blätter, sie haben das Gesicht milchiger blinder Augen.
Auf dem Tisch dampft die heiße Nudelsuppe. Mutter sagt: wir gehen essen, und wenn ich nach der ersten Aufforderung nicht da bin, dicht am Tischrand stehe, zeichnen die Spuren ihrer harten Hand meine Wange.
Großvater läßt sich mehrmals rufen. Manchmal glaub ich, er tut es mir zuliebe. Ich mag ihn, wenn er nicht auf Mutter hört.
Er wäscht sich das Sägemehl von den Händen und setzt sich auf seinen Platz am Tischende.
Niemand redet mehr ein Wort. Mein Hals ist trocken.
Ich darf kein Wasser verlangen, weil ich beim Essen nicht sprechen darf.
Wenn ich groß bin, werde ich Eisblumen kochen, ich werde beim Essen reden und nach jedem Bissen Wasser trinken.

Vater kam zur Tür herein und hatte diese durchsichtigen glänzenden Splitter auf den Stiefeln. Er zog die Handschuhe aus, er setzte sich auf den Stuhl.
Wo er gestanden hatte, blieb eine Lache aus kaltem zitterndem Wasser auf dem Fußboden stehn, und wo er ging, blieb hinter ihm eine nasse Schuhsohle auf dem Bretterfußboden.
Dann zog Vater die Stiefel aus. Sie waren eng und aus einer knochenharten Kuhhaut gemacht.

Vater zog aus ihren Schäften seine Fußlappen. Sie waren naß vom Schneewasser und Schweiß, und vom Gehen waren sie verknäult.
Vaters Fuß hatte eine Sohle, und die Sohle hatte auch im Winter eine rauhe rissige Ferse. Und wenn sich Vater abends diese rauhen rissigen Fersen mit einem Dachziegel glattrieb, wurden sie nicht glatter und nicht weicher. Sie gehörten, so rauh und hart, wie sie waren, zu ihm. Und ich glaube, es gab niemanden im Dorf, der nicht diese rauhen rissigen Fersen hatte. Vielleicht war auch der Boden, auf dem das Dorf stand, den alle Feld nannten, der Grund für diese Fersen. Der Boden war klebrig und widerspenstig. Mutter hängte die Fußlappen an die Stange des Sparherds. Sie waren aus einem gestreiften Stoff, aus einem meiner verwachsenen Sonntagskleider. Ich hatte das Kleid zu Ostern bekommen und war sehr stolz darauf gewesen.
Damals war der Fotograf im Dorf. Ich war mollig und hatte Grübchen an den Handgelenken. Ich hatte eine Rolle auf dem Kopf, die an Feiertagen immer mit Zuckerwasser befeuchtet und mit einem Kochlöffelstiel gedreht wurde. Sie war schief geraten, wic an allen Feiertagen, weil Mutter beim Kämmen weinte, denn Vater war wieder betrunken aus dem Wirtshaus gekommen.
Der Feiertag war verdorben wie alle Feiertage in diesem Haus. Man erkennt das auch auf diesem Bild, an der schiefen Rolle aus Haar und Zuckerwasser und an meinem schiefen Lächeln.

Ich ging fertig gekämmt und angezogen in den Hinterhof und sperrte mich ins Klo ein, und zog die Hosen runter, setzte mich auf das stinkige Gehäuse und weinte laut vor mich hin. Ich weinte da, um nicht ertappt zu werden, und wenn ich draußen Schritte hörte, wurde ich plötzlich still und raschelte mit dem Klopapier, denn ich wußte, daß man in diesem Haus nicht ohne Grund weinen durfte. Mutter prügelte mich manchmal, wenn

ich weinte, und sagte dabei, na, jetzt hast du auch mal endlich einen Grund.
Ich wischte mir mit dem Klopapier trotzdem den Hintern ab und schaute dann in den Ausschnitt, und sah den Kot, in dem weiße Würmer krochen. Ich sah die kleinen schwarzen Kotknollen und wußte, daß Großmutter wieder Verstopfung hat,
und sah den lichtgelben Kot meines Vaters und den rötlichen Kot meiner Mutter. Ich suchte nach dem Kot meines Großvaters, und Mutter schrie meinen Namen in den Hof, und als ich endlich vor ihr im Zimmer stand, hörte sie auf, ihren Strumpf das Bein hinaufzurollen, und gab mir eine Ohrfeige, du hast zu antworten, wenn ich dich rufe.
Und als wir bei Großmutter ankamen, die am anderen Ende des Dorfes wohnt, weinte Mutter und sagte, daß Vater täglich betrunken heimkomme. Vater saß am Tisch und rührte das Weinglas, das Großmutter vor ihn gestellt hatte, nicht an, stand auf, nahm seinen Rock untern Arm und ging fort. Mutter lehnte sich mit den Handflächen an den Kachelofen und schluchzte. Ich zerknabberte ein Stück Kuchen.
Mutter lehnte den ganzen Körper an den Kachelofen und schrie im Weinen. Sie sah dann plötzlich, daß ich auf dem Schemel saß und ihr zusah, und unerwartet schrie sie mich und Heini an. Geht hinaus in den Hof, geht spielen!

Heini und ich standen im Hof und sprachen kein Wort. Heini kaute an seinem Zeigefinger.
Ich ging ziellos im Hof herum, Heini verschwand zwischen den Maisstengeln im Garten. Ich stand neben dem Sandhaufen. Im Sand leuchtete viel Glimmer. Der Sand war trocken, obwohl das Leuchten darin feucht schien.
Ich begann ein Haus zu bauen.
Weshalb nennt man alles, was Mütter tun, Arbeiten, und alles, was Kinder tun, Spielen? Mein Haus wurde rissig in der Sonne. Ich strich seine Wände glatt. Großmutters Haus hatte nasse

modrige Wände. Großmutter weißelte sie sehr oft, aber der Moder fraß sich gleich wieder durch die Farbe. Er war salzig. An den Sommerabenden, wenn die Ziegen von der Weide kamen, leckten sie daran. Innen gab es eine Sandspur rund um die Wände, die die Ameisen von der Straße ins Haus stießen. Es gab auch Ameisen auf dem Fußboden im Zimmer. Großmutter hatte nichts gegen Ameisen.

Einmal waren sie in die Zuckerdose gekrochen. Es waren mehr Ameisen als Zuckerkristalle drin. Sie sahen aus wie Mohn, und sie wimmelten.

Ich hatte Angst vor ihnen, sie waren so klein und so zahllos, und sie machten keinen Lärm bei ihrer Arbeit. Großmutter las die Zuckerkristalle einzeln aus und sagte, daß Ameisen nicht schmutzig und nicht giftig sind und daß man den Zucker noch gebrauchen kann.

Ich wollte keinen davon essen und goß meinen Tee in den Eimer mit Trinkwasser, als Großmutter aus der Küche ging.

Tagsüber war es Sommer. Wenn es dunkel wurde, hatte die Jahreszeit keinen Sinn mehr, weil man nichts mehr von ihr sah. Es war bloß Abend. Draußen tobte ein Gewitter. Der Regen prasselte aufs Dach. Aus den Dachrinnen schoß das Wasser.

Großmutter hängte einen Sack über sich und schleppte das große Holzfaß unter die Dachrinne. Sie wollte Regenwasser auffangen.

Regenwasser – ich mußte unwillkürlich an Samt denken. Es war weich, und das Kopfhaar wurde davon seidig und zahm.

Es war Nacht geworden. Ich wußte nie, wie dieses lautlose Nachtwerden war. Jeden Abend ertrank der Sommer rücksichtslos mitten im Dorf. Es wurde überall sackdunkel und totenstill.

Es blitzte und donnerte noch immer. Die Decken lagen auf mir wie schwerer Schnee. Ich hatte viel nasses Gras im Hals.

Das Zimmer wurde von Zeit zu Zeit hell. Die großen leeren

Schachteln, die Großmutter seit Jahren aufbewahrte, knisterten. Auf der Zimmerdecke bewegten sich vielfüßige gespenstische Tiere aus Licht- und Schattenflecken. Die Drähte der Telegrafenstangen schlugen aneinander und warfen die Straßen hin und her.
Draußen in der Nacht peitschten sich die Bäume. Ich sah sie durch die Wände. Großmutters Haus war wie ein Haus aus Glas geworden.
Die Bäume waren schlank, und dennoch zerbrachen sie nicht. Sie traten immer näher an mein Bett heran und strömten viel Kälte aus.
Und ich wollte sie trinken, weil sie so farblos waren und so kalt, aber sie schnitten mir ins Gesicht und sagten, wir sind nicht aus Wasser, wir sind aus Glas. Auch der Regen ist aus Glas.
Dann wurde das Zimmer leer. Der Donner zerrte an den Rolläden.
Ich hörte den Urin, den Heini in den Nachttopf plätschern ließ, und ich wußte, daß ich nicht allein in diesem Zimmer lag.
Ich rief Heini beim Namen, und er fragte pissend, hast du Angst?
Ein wenig. Der Blitz erhellte das Zimmer.
Ich sah Heini, wie er den Nachttopf in der Hand hielt und mit eingeknickten Knien dastand. Und mit der anderen Hand hielt er sein Glied. Es war sehr weiß im Schein des Blitzes.
Ich mußte auch pissen. Ich stand auf und setzte mich über den Topf, und ich zog den Bauch ein, um das Geräusch des Urins zu verhindern. Aber es wurde immer lauter unter mir, ich hatte keine Kraft, ich konnte es nicht mehr tröpfeln lassen.
Es rann lauwarm aus mir. Es rauschte.
Heini rief mich zu sich ins Bett. Ich fürchte mich nicht vor dem Blitz, sagte er. Ich kroch neben ihn unter die Decke und schaute ins Zimmer. Eines dieser Lichtfleckentiere hing an der Kastentür.
Ich schaute es an.

Ich könnte dich gern haben, wenn du nicht so komisch pissen würdest, aus dieser Verlängerung. Die ist so häßlich.

Laß sein, morgen schneiden wir sie ab.

Ich habe Angst, daß ich ein Kind kriege von dir. Ich glaube, das darf man nicht, wir haben in denselben Topf gepißt.

46 Laß sein, dann heiraten wir eben.

Aber du bist doch mein Cousin.

Großmutter pißt so viel. Sie hat einen sehr tiefen Bauch.

Woher weißt du das?

Das sieht man doch durch ihre Röcke.

Bis der Tag dann die Geräusche des Sommers durch die Wände sickern ließ. Auf der Straße war das Dorf.

Ich ging zwischen den Hälsen der Gänse nach Hause. Sie zischelten mir nach, und ich hatte Angst und ging schnell. Ich kam oft ins Laufen.

Der Hund bellte mich an wie eine Fremde. Mutter war in der Arbeit. Vater war in der Arbeit. Großvater war in der Arbeit. Großmutter war zu Hause.

Großmutter war die Mutter meiner Mutter. Das Dorf war voller Großmütter.

Ich mußte Kartoffeln schälen. Das Messer glitt mir in den Finger.

Die Stärke brannte in der Schnittwunde. Auf der geschälten Kartoffel stand Blut. Ich ließ die Knolle ins Wasser fallen. Ich nahm sie heraus und schnitt sie in Stücke. Ich wußte nicht, an welcher Stelle ich hineinschneiden sollte. Es gab so viele Entscheidungen zu treffen beim Zerschneiden einer kleinen Kartoffel. Wie lang und wie breit mußte eine gutgeschnittene Kartoffelscheibe sein? Wahrscheinlich war keine einzige gut geschnitten. Das wußte niemand.

Die letzte Scheibe war krumm und häßlich. Ich steckte sie in den Mund und zerbiß sie, und spuckte sie auf die Kartoffelschalen. So klein zerbissen sah sie wie erbrochen aus. Ich legte lange Kartoffelschalenschlangen darüber, um sie zu verdecken.

Großmutter streute Mehl auf den Teig, walkte ihn lang und breit. Sie schnitt immer einen Zipfel davon ab und pinselte Eiklar darüber. Großmutter Röcke wippten. Ihre Schürze war voll mit Mehl.
Die andere Großmutter hat große Brüste, und diese ist ganz flach. Und die andere Großmutter hat einen tiefen Bauch.
Heini hat es gesehen. Wahrscheinlich haben alle Großmütter einen tiefen Bauch. Doch bei dieser Großmutter sieht man es nicht durch die Röcke.
Wer weiß, Heini würde es vielleicht sehen. Aber er hat auch nur eine Großmutter, und ich habe zwei. Heini hat es leicht. Heini weiß alles.
Es läutet zur Frühmesse. Vom Kirchturm flattern Spatzenscharen auf und fliegen in die hohen Pappelbäume. Die Äste schlagen ineinander. Immer sind sie bewegt und bringen Wind ins Dorf, in weiten kalten Kreisen, daß die Männer beim Gehen mit der einen Hand den Hut festhalten müssen. Die Blätter, die herabfallen aus den Pappeln, sind grün und gesund wie der Sommer. Der Bürgermeister sagt, daß der Blätterfall mitten im Sommer vom Läuten der großen Glocke herrührt, die seit Jahren verstimmt ist, vom Rost, der sich auf ihr angesetzt hat. Und der Pfarrer schreibt ihn dem Umstand zu, daß die kleine Glocke zu tief im Kirchturm hängt. Deshalb gibt es ständig Uneinigkeit zwischen dem Pfarrer und dem Bürgermeister des Dorfes.
Die Frauen gehen um die Ecke. Sie gehen am Kreuz vorbei und machen drei Kreuze, einmal berühren sie mit den Fingern die Stirn, einmal den Mund und einmal die Brust.
Dann steigen sie die vier Treppen hoch und heben die Röcke an den Hüften an, um nicht auf den Saum zu treten. Am Saum sind die Röcke am schwersten, am weitesten und am schönsten.
Es gibt eine schwere Holztür da und dicke blinde Wände, die ganz oben kleine Fenster haben mit buntem Glas, das Farben zeigt, die es weder in der Kirche noch auf der Straße gibt. Die

Messe darf nicht hinaus auf die Straße, und die Straße darf nicht hinein in die Kirche. Es knarrt, und dann ist die schwere Holztür schon wieder zu, und Orgelmusik schwimmt durch den Raum und summt wie Bienen um den Kopf, bis sich die Ohren daran gewöhnt haben und die Schläfe nicht mehr hämmert in der Musik, bis die Augen nicht mehr brennen in der Milch der Kerzen.

Die Frauen tauchen die Daumenspitzen flüchtig in den sandigen Weihwasserkessel und schlagen wieder das Stirnkreuz, das Mundkreuz, das Brustkreuz, dann gehen sie wippend und behutsam, als wollten sie sich selbst dabei nicht fühlen, zu einer Bank, in der noch eine Lücke zwischen den Röcken ist. Neben der Bank machen sie eine Kniebeuge und legen ihre Röcke auf die Diele, dann stehen sie auf und setzen sich auf den freien Platz und schlagen wieder das Kreuz und finden mit dem dritten Brustkreuz mitten ins Gebet.

Die Orgel summt oben auf dem Chor.

Der Orgeltreter hat verklebte blaue Augen, die immer kleiner werden und immer mehr zurücktreten in den Kopf. Er hat sehr weißes Haar und starre erfrorene Grasbüschel überm Mund und um die Augen. Wenn er spricht, klappert seine Prothese. Wenn er lacht, würde sie zu Boden fallen, hielte er nicht schon, bevor er zu lachen beginnt, die Hand unter das Kinn. Wenn er länger lacht und den Mund dabei zu weit offen hält, fällt ihm das Gebiß jedesmal in die Hand hinein.

Er stößt es mit verwirrten Blicken in den Mund zurück, aber das Lachen ist vorbei. Er kann das Lachen nie zu Ende lachen. Und manchmal sagt er, daß das Altern häßlich ist.

Vor einem Jahr war seine Prothese zu klein. Sie drückte ihm das Zahnfleisch wund. Er ging mit diesem aufgeriebenen Gaumen zum Dorfzahnarzt. Der riß das Fenster auf und warf das Gebiß weit in den Kirchgarten. Der Orgeltreter ging mitten in den Klee. Er war frisch gemäht, und man sah das Gebiß von weitem. Es schien ihm eine Weile so fremd wie das Gebiß eines

Hundes. Er hob es auf und wischte die Erdklumpen, die daran klebten, in sein Taschentuch. Der Zahnarzt stand immer noch im Fensterrahmen und streckte den Arm danach aus, und hatte vor Angst Falten im Gesicht. Er bewegte die Finger, als winkte er. Der Orgeltreter legte das Gebiß in seine große weiße Hand, und als er wieder im Kabinett stand, feilte der Zahnarzt bereits
an der Innenseite der Zähne weißes Mehl zu Boden und wäre fast freundlich geworden. Doch der Orgeltreter starrte stumm auf die Zangen und Scheren, die auf weißen Tüchern lagen. Als ihm der Zahnarzt das Gebiß in den Mund schieben wollte, preßte er die Lippen fest übereinander und streckte die Hand aus. Mit der Prothese in der Hand ging er grußlos zur Tür hinaus.

Draußen steckte er die Prothese in die Rocktasche. Und vor dem Haustor steckte er sie in den Mund. Jetzt schlotterte sie. Sie war zu groß. Aber seither ist der Orgeltreter nicht mehr zum Zahnarzt gegangen.

Während des Orgeltretens hält er den Hut in der Hand und stützt sich mit der anderen Hand an die Wand des Orgelkastens. Er tritt auf das Trittbrett in regelmäßigen passenden Abständen, als würde er Fahrrad fahren, als wollte er den Orgelkasten ins Rollen bringen. Und die Bretter und die ganze Kirche beginnen unter seinen Füßen zu summen.

Beim Treten schließt er die Augen und denkt sich hinein in seine Gedanken, die manchmal wie verwetzte Schnüre abreißen, weil er beim Treten eingeschlafen ist. Aber auch schlafend tritt er in regelmäßigen Abständen das Trittbrett.

Immer gehen ihm beim Treten die Hosenknöpfe auf. Der Orgeltreter schließt sie nach jedem Lied, und wenn er es vergißt, erst nach der Messe, und wenn er es auch dann vergißt, erst zu Hause, wenn seine Frau im Gehen zwischen Schüsseln und Töpfen das Haus vollschreit mit dem Wort Schande. Sie versalzt wieder, wie jeden Sonntag, die Sonntagssuppe und vergißt den Kuchen in der Ofenröhre.

Großmutter sitzt mit mir in der fünften Bank. Neben mir sitzt die lange Leni. Sie ist die größte Frau im Dorf. Auf der Straße ist sie nicht so groß. Aber hier sitzt sie so reglos und macht ein steinhartes Gesicht. Sie sieht steif wie ein Stecken aus. Ihre Kleider sind sauber und gebügelt. Auf ihren Kittel und ihre Bluse sind viele Reihen Samtschnüre genäht. In ihre Schürze sind Löcher gestickt mit schwarzer Seide, die sogar dann glänzt, wenn kein Fleckchen Sonne darauf fällt. Die lange Leni hat sehr lange und sehr gerade Finger, und ihre Schultern sind so gerade wie die eines Kleiderbügels. Sie ist schön, aber sie sieht sehr unnahbar und kalt aus. Ich rücke von ihr ab, ganz nahe heran an Großmutters Schürze. Großmutter schaut mich böse an.

Ich lehne den Hinterkopf ins Genick. In der Kirche ist auch der Himmel eine Mauer. Er ist himmelblau und mit Sternen besät. Ich frage Großmutter, welches der Abendstern ist, und sie zischelt noch Dummkopf und betet weiter. Und ich denke weiter, daß die Maria keine richtige Maria ist, sondern eine Frau aus Gips, und daß der Engel kein richtiger Engel ist, und die Schafe keine richtigen Schafe sind, und das Blut nur Ölfarbe ist.

Die lange Leni betet mir ins Ohr, sie ist die richtige Leni. Ich schaue Großmutter an, nicht ihr Gesicht, sondern ihre Hände. Es sind alle Sehnen daran gespannt, es ist kein Fleisch mehr darauf, bloß Knochen und dürre Haut. Sie könnten jeden Augenblick im Tod erstarren, aber noch bewegen sie sich im Gebet, und der Rosenkranz rasselt.

Er preßt sich in Großmutters Handknochen und drückt blaue Flecken hinein in diese kleinen knotigen Hände, die so aussehen wie die Arbeit selbst, so zerschunden wie das harte Holz, das überall im Haus herumsteht, so zerkratzt, so verschnörkelt und altmodisch wie ihre Möbel. Auf den Bänken liegen lange dicke Polster, die von einem Bankende zum anderen reichen und wie Schwimmreifen aussehen.

Der Pfarrer hat die Polster angeschafft, damit die Dorfleute auch im Winter in die Kirche kommen.
Ich friere selbst im Sommer, wenn ich in diesen Bänken sitze. Es ist immer dunkel hier, und das Frösteln, das mich befällt, steigt aus den Fliesen hoch. Sie sind beängstigend wie eine weite Fläche Eis, wenn man schon zuviel gegangen ist darauf und keine Beine mehr am Leibe hat und weitergehen muß auf dem Gesicht.
Die Wände, die Bänke, die Sonntagskleider, die murmelnden Frauen fallen über mich her, und ich kann mich auch betend nicht wehren, auch nicht vor mir selbst. Meine Lippen werden kalt.
Wendel ist mit seiner Großmutter bis zur Kirche gekommen. Ich mußte ihn von zu Hause bis vor die Kirchentür an der Hand halten. Durchs ganze Dorf, durch die leere Dorfstraße mußte ich mit ihm gehen, über die Straße, auf der man selbst den Käfer sieht, der über den Weg kriecht. Wendel sitzt oben auf der Empore neben dem Orgeltreter und schaut auf dessen schwerbeschuhten Fuß.
Jeden Sonntag, wenn wir aus der Kirche kommen, erzählt mir Wendel, daß auch er Orgeltreter werden will. Man tritt das Brett und hat seine Gedanken im Kopf, man tritt, und die anderen, alle anderen beginnen zu singen, und wenn man zu treten aufhört, hören sie zu singen auf. Wendel saß einmal vorn in der Kinderbank. Er betete damals laut mit und brachte durch sein Stottern die anderen Kinder neben ihm in Verwirrung.
Der Pfarrer schmiß mit einem Kreidestück von der Kanzel herab. Wendel hatte einen Kreidestrich auf dem Rockkragen. Er war stumm geworden und blieb lahm sitzen, weil man ja während der Messe nicht einmal weinen darf, außer man weint während und nach der Predigt.
Auch aufstehen durfte man nicht.
Seither geht Wendel, wenn er die Kirchentür hinter sich ge-

schlossen hat, die schmalen gewundenen Treppen zur Orgelempore hinauf.

Er sitzt in einer leeren Bank neben dem Orgeltreter.

Auf der anderen Seite sitzt der bucklige Lorenz, in einer anderen leeren Bank.

52 Lorenz packt auch während der Messe dieser harte trockene Husten. Die Chorfrauen drehen singend die Köpfe nach ihm und schneiden verärgerte Gesichter. Lorenz schaut ihnen auf die Gurgeln, die sich beim Singen auf und ab bewegen. Er sieht, wie die Adern an ihren Hälsen anschwellen und wieder zurücktreten in die Haut. Kathi hat wieder einen roten Saugfleck am Hals, der sich mit der Gurgel mitbewegt.

Lorenz schaut weg, auf die Bankplatte, die unter seinen Ellbogen ist. In sie sind Namen geritzt und Jahreszahlen, mit Herzen und Pfeilen und Bögen. Manche davon hat Lorenz selber eingeritzt.

Lorenz hat seinen eigenen Namen mit einem langen Nagel in das Holz geritzt.

Auf den Orgelkasten hat Lorenz seinen Namen geschrieben, und man sieht ihn von weitem. Lorenz malt gern große Buchstaben.

Auf dem Hauptpfeiler steht: *Lorenz + Kathi.* Lorenz selbst hat es geschrieben. Auch auf der staubigen Wand des Orgelkastens steht *Lorenz,* und das Wort bleibt solange dort stehn, bis sich eine Chorsängerin mit dem Rücken daran lehnt.

Wenn das Singen aufhört, fängt unten in den Bänken das Gemurmel der Gebete an. Alle Frauen knien nieder, schlagen dieses dreifache Kreuz, murmeln Gott-ich-bin-nicht-würdig, schlagen wieder ein Kreuz und stehen auf.

Ich bete. Großmutter stößt mir mit der Kniespitze ans Bein, ich bete leiser. Ich will mich von der Schuld losbeten. Ich weiß, daß Vater dem Kalb das Bein gebrochen hat.

Im Dorf darf man keine Kälber schlachten und keinen Schnaps brennen. Im Sommer riecht das ganze Dorf nach Schnaps, wie

ein riesiger Schnapskessel. Jeder brennt seinen Schnaps irgendwo hinten im Hof hinter dem Zaun, und keiner redet darüber, nicht einmal mit seinem Nachbarn.
Am Morgen hatte Vater dem Kalb mit einem Hackenstiel das Bein durchschlagen. Darauf ging er den Tierarzt holen.
Der Tierarzt kam gegen Mittag auf seinem Fahrrad in den Hof gefahren. Er stellte es an den Pflaumenbaum, und als er hinter der Stalltür verschwunden war, flogen schon die Hühner drauf.
Vater erklärte dem Tierarzt auf rumänisch, wie sich das Kalb den Fuß in der Kette an der Futterkrippe verfangen hatte, wie es dann nicht mehr herausfand, wie es mit dem ganzen Körper über die Stange fiel und sich das Bein durchschlug.
Während des Erklärens streichelte Vater dem Kalb den Rükken. Ich schaute Vater ins Gesicht. Man sah ihm nicht an, daß er nicht die Wahrheit sagte. Ich wollte seine Hand von dem Kalbsrücken stoßen, ich wollte seine Hand in den Hof werfen und sie zertreten. Ich wollte, daß ihm die Zähne ausfallen wegen dieser Lüge.
Vater war ein Lügner. Alle, die da standen, logen durch ihr Schweigen. Alle gafften ins Leere. Ich schaute sie der Reihe nach an, diese häßlichen schmierigen Gesichter, diese Nasen, diese Augen, diese zottigen behaarten Köpfe. Vaters Bartstoppeln verdoppelten und verdeckten seine Roheit. Vaters Hände griffen den gelogenen Wörtern nach und taten alles, was sie taten, überzeugend.
Dann raschelte der Tierarzt ein Heft aus seiner schmierigen Tasche. Er beschrieb ein Blatt und riß es heraus und hielt es Vater vor das Gesicht, Vater hatte schon, als der Tierarzt noch schrieb, einen Hundertleischein in seine Rocktasche gesteckt, und der Tierarzt tat so, als würde er gar nichts davon merken und schrieb weiter.
Dann hielt er den Zettel in der Hand, auf dem stand, daß das Kalb verunglückt sei. Es war die Notschlachtgenehmigung.

Der Tierarzt trank auch das achte Glas Schnaps in einem Zug leer, dann scheuchte er die Hühner von seinem Fahrrad. Sie stoben auf und gackerten in der Luft. Auf dem Sitz lag ein Haufen frischer Hühnerdreck. Ich freute mich, weil er sich beim Abwischen über den ganzen Sitz verschmierte. Das Rad rollte zum Gassentor hinaus, der Tierarzt warf sich von der Seite drauf und fuhr bucklig davon. Sein Hintern hing zu beiden Seiten vom Sitz herab, wie Großmutters Teig, der über den Rand quillt beim Brotbacken. Das Fahrrad ächzte unter seinem Gewicht. Der Onkel brachte einen großen Hammer aus dem Hinterhof.
Mutter band ihm die Schürze um. Auf seinem Hintern wand sich eine große Masche. Dann krempelte sie ihm die Hemdsärmel auf bis zu den Ellbogen und wollte nicht mehr aufhören mit dem Aufrollen. Mutter schien sehr zudringlich, weil sie sehr viel dabei lachte.
Mutter krempelte auch Vaters Hemdsärmel auf, sie tat es sehr rasch und war nicht zudringlich. Mutter krempelte auch ihre eigenen Ärmel auf und tat es rasch, und hatte dabei kein Gesicht im Gesicht.
Großvater zog seinen Arm weg und krempelte sich selbst die Hemdsärmel hoch.
Ich hatte Angst. Sie hatten alle Haare auf den Armen. Ich zog die Ärmel meiner Bluse weit herab über die Hände und hielt sie mit den Fingern von innen zu wie einen verschnürten Sack. Ich mußte eine Weile mit verschürten Ärmeln dastehen, um nicht handgreiflich zu werden, um nicht zu kratzen und zu würgen. Die Schwalbe neben dem Balken beugte sich mit dem ganzen weißen Bauch über den Nestrand vor und schaute herüber. Sie zwitscherte keinen Laut. Als der Onkel den dicken Hammer hochhob, lief ich in den Hof und stellte mich unter den Pflaumenbaum, und hielt mir mit beiden Händen die Ohren zu. Die Luft war heiß und leer. Die Schwalbe war nicht mitgekommen, sie mußte brüten über einer Hinrichtung.

Ein Dorf voll fremder Hunde war da im Hof. Sie leckten das Blut aus dem Stroh des Misthaufens und schleppten Klauen und Hautfetzen über die Tenne hin. Der Onkel zog sie ihnen aus den Schnauzen. Sie durften damit nicht auf die Straße hinaus.

In der Jauche lagen zwei Augen. In eines biß die Katze mit ihrem Eckzahn. Es knackte, und bläulicher Schlamm spritze ihr ins Gesicht. Sie schüttelte sich und ging mit steifen gespreizten Beinen davon.

Der Onkel zersägte einen Knochen, der war so dick wie sein Arm.

Vater nagelte das große rotgefleckte Fell zum Trocknen an die Scheunenwand. Dort stand die Mittagssonne. Ich hatte nach ein paar Wochen ein Kalbfell vor dem Bett liegen.

Jeden Abend trug ich den Bettvorleger hinaus, weil ich nachts alle seine Haare spürte in meinem Hals. Ich träumte, daß ich das Fell mit Messer und Gabel essen mußte, daß ich aß und erbrach und weiteressen mußte und noch mehr Haare erbrach, und Onkel sagte, du mußt alles essen, oder du mußt sterben. Als ich im Sterben lag, wachte ich auf.

In der nächsten Nacht zwang mich Vater, auf dem Kalb zu reiten. Über eine Wiese trieb er uns. Die Blumen standen dicht und hoch. Wir waren mitten in der Wiese drin, da brach dem Kalb das Rückgrat unter mir. Ich wollte absteigen. Vater schrie jedoch und trieb mich weiter durch alle Wiesen der ganzen Umgebung, und es waren so viele, daß sie nicht mehr aufhören wollten. Vater trieb uns durch den Fluß, Vater johlte, und wir ritten hinter unserem Echo her durch den Wald.

Das Kalb keuchte und rannte in seiner Todesangst mit dem Kopf in einen Baum. Es floß Blut aus seinen Nüstern. Ich hatte Blut auf den Zehen, auf den schönen Sommerschuhen, auf dem Kleid. Unter mir war die Erde voll Blut, als das Kalb zusammenbrach.

Mutter knipste das Licht an und sagte guten Morgen und legte den rotgefleckten Kalbfellteppich vor mein Bett. Beim Aufstehen drehte das Zimmer sich, es lag viel heiße Sonne auf meinen Gesicht, und ich machte einen großen Schritt über den Kalbfellteppich. Am Mittag kam Mutter mit dem Melkkübel aus dem Stall in die Küche. Es schwamm Schaum auf der Milch. Ich suchte rosarote Milch im Kübel. Es hätte Blut darin sein müssen. Der Kübel war warm. Ich hatte die Hände um ihn gelegt und schmiegte sie lange daran.

Die Kuh muhte tagelang ins leere Stroh. Sie rührte das Futter nicht an. Sie schlürfte tagelang bloß Wasser, bloß kaltes Wasser und senkte beim Saufen den Kopf bis zu den Ohrenspitzen in den Eimer.

Mutter brachte jeden Mittag warme, kuhwarme Milch in die Küche. Ich fragte sie, ob auch sie traurig wäre, wenn man mich ihr wegnehmen, mich schlachten würde. Ich fiel an die Kastentür, ich hatte eine blaue Beule auf der Stirn, ich hatte eine geschwollene Oberlippe und einen violetten Fleck auf dem Arm. All das von der Ohrfeige.

Mutter sagte, jetzt ist endlich genug geheult. Ich mußte augenblicklich mit dem Schluchzen aufhören und im nächsten Augenblick freundlich mit Mutter reden. Kinder dürfen den Eltern nichts nachtragen, denn alles, was Eltern tun, verdienen die Kinder nicht anders. Ich mußte laut und freiwillig einsehen, daß ich die Ohrfeige verdient hatte, daß es schade sei um jeden Hieb, der danebenginge. Großmutter brachte schon den großen Besen. Es war eine Schale aus dem Kasten gestürzt, als ich darangefallen war.

Großmutter begann zu kehren.

Mutter riß ihr den Besen aus den Hand und stemmte ihn vor mich hin. Ich kehrte die Scherben auf und sah die Küche ganz verschwommen zwischen vielen Tränen.

Der Besenstiel war höher als ich selbst. Er ging vor meinen Augen hin und her. Der Besenstiel drehte sich, die Küche drehte sich.

Mutter machte ein sehr faltiges Gesicht. Rühr dich.

Auf dem Pflaster gehen die Mütter in schwäbischen Röcken, die aus ganzen Ballen Stoff genäht sind, deren Falten beim Gehen Baumkronen gleichen, die auf den Hausdächern lümmeln und das Dorf ins Gras drücken, die, wenn Wind geht, aufs Dach schlagen und die Ziegel zerbrechen. Die Mütter haben weiße gebügelte Taschentücher unterm Schürzenband stekken. Sie sind heute morgen fürs Weinen aus den Betten gekrochen, haben fürs Weinen gefrühstückt und zu Mittag gegessen.

Sie bündeln jede Arbeit im Haus in Handgriffe und Bewegungen, und ihre Köpfe hängen voll mit der Suche nach Abwesenheit und Flucht vor sich selbst. Sie gehen einen Tag lang aus sich heraus in das Holz und Tuch und Blech ihres Haushalts. Und am Mittag lockern sie die Schnüre ihrer Schürzen und Kittel, lassen sie zu Boden fallen und nehmen ihre schwarzen Kleider aus den Schränken.

Und wenn sie an die Schränke gehen, schauen sie hinauf zur Zimmerdecke, um sich nicht nackt zu sehen, denn in jedem Zimmer des Hauses kann irgend etwas geschehen, was man Schande oder unkeusch nennt. Man muß bloß nackt in den Spiegel schauen oder beim Strümpfehochrollen daran denken, daß man seine Haut berührt. In Kleidern ist man ein Mensch, und ohne Kleider ist man keiner. Die ganze große Fläche Haut.

Sie ziehen sich fürs Weinen an, schwarz von den Schuhen bis zu den Fransen der knochigen Kopftücher, und wippen in den Falten hin und her.

Ihre Töchter haben die Tracht nur scheinbar überwunden. In ihren Bewegungen rollen sich die Stoffballen der schwäbischen Kleider auf, und ihre Körper wirken trotz der Dürre so, als paßten sie nicht in die Kleider, als befänden sie sich außerhalb der Nähte. Ihre Gehirne aber sind damit angezogen.

In ihren engen Kleidern gehen sie trippelnd mit nackten Beinen in stummer Abhängigkeit neben den wippenden schattigen Kitteln her. Auch sie tragen schwarze Schuhe, schwarze Strümpfe, die aber durchsichtig sind, und schwarze Kleider.

In den Händen halten sie diese großen schwarzen dreieckigen Lacktaschen, die steif hin und her schaukeln und aussehen, als wären sie aus Blech. Die Taschen sind eingedrückt, denn es ist nie mehr darin als ein Taschentuch und ein Rosenkranz, und auf dem Taschenboden klingelt Kleingeld.

58 Und sie wissen nicht, wie sie diese Taschen halten sollen, denn das Tragen dieser Taschen hat weder mit den Handgriffen um die Stiele der Besen, Hacken und Küchenmesser noch mit den Handgreiflichkeiten, mit denen sie ihre Haustiere und Kinder züchtigen, etwas gemeinsam. Sie tragen sie einige Schritte lang in der Hand, lassen sie in die Beuge des gekrümmtes Armes gleiten, wo sie wie an spitzen Haken hängen und beim Gehen an ihre flachen Gesäße schlagen, nehmen sie wieder in die Hand und reiben sich beim Gehen damit die Schenkel.

Die Töchter haben trotz der drückend heißen Hitze schwarze Kopftücher umgebunden, weil ihre Haare entweder blond oder schwarz, im letzteren Fall dennoch nicht schwarz genug sind, um damit zu weinen.

Sie ziehen wie Scharen schwarzer Vögel in das Haus, in dem der Nachtwächter wohnt, zertrampeln den Hof mit ihrer stummen, bedachten Belagerung, gehen an der offenen Sommerküchentür vorbei und sehen noch den Rest des Strickes dort am Balken hängen.

Sie weiten die großen fischkalten Augen und tragen das Frösteln in ein kerzenbeleuchtetes Zimmer, das mit Plastikblumen und Leichengeruch angefüllt ist, in dem der Teufel gelähmt hinter der Tür im Spiegel steht, der mit schwarzen schwäbischen Schürzen verhängt ist, damit die Gebete der Lebenden und die Seele des Toten in den Himmel kommen. Die Mütter und Töchter tröpfeln mit einem Zweig Immergrün Weihwasser auf den Sarg, und das Wasser sickert durchs Schleiertuch und rinnt dem Toten die Backenknochen hinab auf den zerquetschten Hals, und das Gesicht wird gelbgrün und feist.

Und während des Tröpfelns suchen sie mit den Augen nach

einem Stuhl. Beim Hinsetzen zupfen die Mütter an ihren Rockfalten, und die Töchter rücken auf ihren Schenkeln die eckigen Taschen zurecht, und die Mütter wickeln schnupfend die Rosenkränze, die wie Geschirr rasseln, um die blauen Knoten ihrer Hände, und die Töchter betupfen sich mit den Taschentüchern die Augenringe und zwingen sich Tränen ins Gesicht. Die Männer bleiben im Hof und gehen auf und ab und erzählen vor der Sommerküche zwischen den Fliegenschwärmen über ihren Köpfen von der Arbeit im Feld und vom Wein in den Kellern.

Hinter dem Drahtzaun im Hinterhof sind noch die Hühnerspuren und die Sommerküchennächte mit den irren Wegen im Sand. In der Luft hängen noch die Blicke, vom Schüttelfrost zerwühlt wie Strohschober, vom Fieber in den krebszerfressenen Lungen und vom Gesicht des Todes, das immerzu aus dem Aprikosenbaum herabsteigt, stumm und gelenkig wie eine Katze. Immer erscheint es unerwartet, stumm und höhnisch und stinkt.

Die Blumen wackeln über den schreienden verknäulten Katzen im Beet, die sich Glut in den Bauch pumpen, stöhnen, wenn ihnen der Samen in den Bauch gespritzt wird, und das Gebiß voller Sand haben vom Schrei.

Die Hühner auf dem Maulbeerbaum sind aus dem Schlaf gescheucht, flattern eine Weile in der Luft und fallen pelzig zu Boden, irren schließlich in konzentrischen Kreisen über den Sand, in immer kleineren Kreisen, bis sie nur noch einen Punkt berühren und so schwer werden, daß die Beine sie nicht mehr tragen.

Dann fallen sie um und krümmen den Hals, öffnen den Schnabel und ertrinken in der Dunkelheit. Der Mond fällt und fällt. In den Poren ihrer Haut zucken Hühnerläuse und marschieren in geraden Reihen durch die Gärten in andere Höfe, in heißes lebendiges Fleisch. Die Mütter und Töchter kommen aus dem Zimmer in den Hof. Die Männer gehen paarweise voran auf die Straße. Die Frauen gehen paarweise und eingehängt hinterher.

Die großen Blasinstrumente blitzen in der Sonne.

Die Musik zerschellt an den Häuserwänden und kommt am Ende der Straße noch einmal über das Dorf.

Der schwarze Kutscher auf dem schwarzen geschnitzten Leichenwagen peitscht seine schwarzen Pferde. Die Pferde haben die Beine voller Fliegen. Sie gehen mit dem Hintern vor dem Gesicht des Kutschers her und lassen ihren Urin in den Staub rinnen, und werden scheu von der lauten Musik, und vertauschen in der Verwirrung ihre Hufe.

Der Pfarrer rasselt mit dem Weihrauchfaß an der Kirche vorbei, denn manche Tote, die nicht ergeben warten, bis Gott ihnen das Leben nimmt und den Tod schenkt, sondern sich ohne Gottesfurcht das Leben nehmen, trägt man nicht in die Kirche hinein. Der Pfarrer räuspert sich vor Zufriedenheit.

Im Friedhof flattert eine Schar schwarzer Krähen über das große weiße Marmorkreuz, das den Friedhof überragt, und die Spatzen surren aus dem Schlehdorn, der den Wegrand säumt, ins Feld.

Vor dem Grab läßt der Pfarrer ein großes weißes Ungeheuer aus Weihrauch in die Luft fliegen und singt. Der Pfarrer wirft die erste dicke Scholle auf den Sarg, und alle schwarzen Vögel picken wie auf ein Zeichen eine Scholle auf und lassen sie auf den Deckel fallen, dabei haben sie große Augen und schlagen ein Kreuz. Die Totengräber stecken sich die Schnapsflasche in die Rocktasche, spucken in die Hände, nehmen die Schaufeln und bauen einen feuchten Hügel. Die Scharen der schwarzen Vögel verteilen sich im Dorf und schlüpfen in die Spalten der Zäune und Häuser. Die Straßen bleiben leer. Die Sonne geht im Maisfeld unter und hat ein rotes dunstiges Gesicht.

Großmutter sah, wenn es regnete, in die Bläschen, die aufs Pflaster schlugen, und wußte dann, wie lange es noch regnen wird.

Sie sagte den Regen voraus, denn sie sah den Kühen an, wann

es regnen wird, und den Pferden, und den Fliegen, und den Ameisen. Heute weht Regenwind, sagte sie, und am nächsten Tag regnete es. Großmutter streckte die Hand in den Regen hinaus und blieb so stehen, bis ihr die Wasserfäden an den Ellbogen abtropften. Wenn ihre Hände naß waren, ging auch sie in den Regen hinaus.
Wenn es regnete, suchte sie sich im Hof eine Arbeit und ließ sich naß werden bis auf die Haut. Es waren die wenigen Tage, an denen sie ohne Kopftuch ging, an denen ich ihren dicken, zusammengelegten Zopf sah, in den sehr viel Wasser sickerte, wovon er so schwer wurde, daß er zur Seite fiel. Auch ihr Haar wurde naß bis auf die Haut.
Von den Gärten her flog mir wilder Pflanzengeruch ins Gesicht. Er legte sich bitter an meinen Gaumen und wurde klebrig auf der Zunge, wenn ich atmete. Die Stauden schleppten an ihrem Laub. Es triefte Regen herab.
Ich trug ein Kleid aus feuchter Luft. Ich hatte ein Paar große Schuhe neben der Tür gefunden. Sie gehörten dem Vater, wie alles hier im Haus irgend jemandem gehörte, besonders die Kleider und Schuhe und Betten. An keinem einzigen der Abende wurden die Betten oder die Zimmer vertauscht, an keinen einzigen Mittag die Plätze am Tisch, an keinem einzigen Morgen vertauschten Vater und Großvater ihre Kleider. Nur ich ging manchmal in den ausgelatschten Filzschlappen, in Vaters öligen Schuhen, in Großmutters nach Naphthalin riechenden Schultertüchern durchs Haus, wenn Mutter in der Arbeit war.
Eine Kröte hüpfte über das Pflaster. Sie hatte eine welke, viel zu große Haut, die überall Falten schlug. Sie kroch hinüber in die Erdbeeren. So unheimlich welk war ihre Haut, daß kein einziges Blatt raschelte.
Ich fror an den Fersen und an den Waden.
Die Kälte verstauchte mir die Backenknochen. Ich hatte kalte Zähne. Ich fror an den Augäpfeln. Auf dem Kopf tat mir das

Haar weh, ich fühlte, wie tief es gewachsen war, in meinen Kopf hinein. Und es war naß bis auf die Haut oder auch nur kalt, aber das war dasselbe. Es war schneidig, mit den Spitzen war es der Nacht ausgesetzt, war zerbrochen an seiner eigenen Länge und Schwere.

62 Ich sperrte die Nacht in den Hof. Die Tür war von innen warm und trocken. Das Holz tat mir gut an den Händen. Ich strich mehrmals darüber und war erschrocken, als ich merkte, daß ich eine Tür streichelte. Ich stellte meine Füße nebeneinander und stieg dann aus Vaters Schuhen heraus in den Gang, mit den Strümpfen auf die nackten Dielenbretter, und meine Knöchel gingen mir voraus auf die Küche zu. Ich öffnete die Küchentür, zitterte noch eine Weile, und Mutter fragte, ob es kalt sei draußen, ob es wieder kalt sei draußen. Sie betonte das Wort wieder, und ich dachte mir, daß es kalt ist draußen, aber nicht wieder kalt, weil es jeden Tag eine andere Kälte ist, immer eine andere Kälte, täglich eine neue Kälte voller Rauhreif. Aber es war nicht kalt, es war nur feucht. Wieder hast du dich gefürchtet, sagte sie.

Mutter und Vater hatten zu Abend gegessen.

Großmutter und Großvater waren schon in ihrem Zimmer. Man hörte das Radio durch die Wand.

In der Küche auf dem Tisch standen die Teller mit Sauerkraut und geräucherten Würstchen. Es lagen Schwarten und Brotkrümel auf dem Tisch. Vater hatte seinen Stuhl weit zurückgeschoben und sich an die Wand gelehnt. Er stocherte mit einem Zündholz in seinen Zähnen.

Es waren die Abende, an denen ich Vater kämmen durfte. Vater hatte dichtes Haar. Ich konnte die Hände bis zu den Handwurzeln darin versenken. Die Haarfäden waren spröd und schwer. Manchmal kroch mir einer unter die Haut, dann überlief es mich heiß und kalt.

Ich suchte die weißen Haarfäden. Die durfte ich Vater ausreißen, aber es waren sehr wenige. Manchmal fand ich keinen einzigen.

Ich durfte Vaters Haar scheiteln, Maschen hineinbinden, Haarspangen aus Draht eng über seine Kopfhaut ziehen. Ich durfte ihm Kopftücher aufbinden, Schultertücher und Halsketten umhängen.
Nur ins Gesicht greifen durfte ich Vater nicht.
Wenn ich es dennoch tat, wenn es aus Versehen geschehen war, riß Vater sich die Maschen und Spangen, die Tücher und Halsketten herunter und stieß mich mit dem Ellbogen weg und schrie: Jetzt weg von da. Jedesmal fiel ich hin und begann zu weinen, und zerbiß den Kamm in meiner Verletztheit, und wußte in diesem Augenblick, daß ich keine Eltern hatte, daß diese beiden niemand für mich waren, und fragte mich, weshalb ich da in diesem Haus, in dieser Küche mit ihnen saß, ihre Töpfe, ihre Gewohnheiten kannte, weshalb ich nicht endlich von hier weglief, in ein anderes Dorf, zu Fremden, und in jedem Haus nur einen einzigen Augenblick blieb, und dann weiterzog, noch bevor die Leute schlecht wurden.
Vater sagte kein Wort. Ich mußte ein für allemal wissen, daß er Hände im Gesicht nicht vertragen konnte: Das ist mein Tod.
Ich wünschte ihm, daß aus seiner Nase eine Hand wachse, oder aus seiner Wange, die er immer im Gesicht haben, die er nicht von sich stoßen können sollte. Er griff sich bloß beim Waschen mit den Händen ins Gesicht, und dann waren es seine eigenen Hände, und es waren mehr Schaum und Seife als Hände in seinem Gesicht. Vaters Zorn zuckte in den Backenknochen und im Kinn.
Er hätte gerne mit dir gespielt, sagte Mutter, aber du mußt immer alles verderben, und hör jetzt endlich mal zu weinen auf.
Ich wollte etwas sagen, aber ich hatte den Mund so voller Zunge, daß ich kein einziges Wort hervorbrachte.
Ich sah auf meine Hände. Sie lagen wie abgehackt vor mir auf dem Fensterbrett, ganz regungslos. Meine Nägel waren wieder schmutzig. Ich roch an meiner Hand und konnte den Geruch

nicht bestimmen. Der Schmutz hatte keinen Geruch, auch meine Haut hatte keinen.
Ich bewegte die Finger so, als wären sie sehr kalt. Sie wollten zu Boden fallen, aber ich blieb kerzengerade auf dem Stuhl sitzen. Die rote Masche lag neben dem Tischbein. Ich hob sie auf, legte sie aufs Fensterbrett. Ich nahm sie gleich wieder in die Hand und zerdrückte sie in der Faust. Als ich die Hände öffnete, war die Haut darin sehr faltig und verschwitzt, und die Masche war verknäult und feucht. Ich putzte mir mit einer Drahtspange die Nägel und sah, wie flach und breit sie waren.
Vater saß hinter seiner Zeitung. Er kroch in die Buchstaben. Hinter der Wand redete Großvaters Radio über Adenauer. Mutter saß hinter einem weißen Lappen. Die Nadel ging auf und ab zwischen ihrer Stirn und ihren Knien. Mutter und Vater redeten wieder sehr wenig, und von dem wenigen wieder sehr viel über die Kuh und über Geld. Tags arbeiteten sie und sahen sich nicht, und nachts schliefen sie Rücken an Rücken ein und sahen sich nicht an.

Mutter nähte ein Wandtuch. Jenes über dem Sparherd hatte viele Rostflecken vom Wäschedraht und war fadenscheinig. Die Frau, die über dem Sparherd stand, hatte bloß ein Auge. Ihr anderes Auge und ein Teil ihrer Nase waren in der Waschmaschine geblieben. Die Frau hielt eine Schüssel und einen Kochlöffel in den Händen und hatte eine Blume im Haar stecken.
Sie trug, das gefiel mir sehr gut, Stöckelschuhe. Unter ihren Schuhen war der Spruch zu lesen: *Lieber Mann, ich rate dir, meide Gasthaus, Wein und Bier. Sei beim Nachtmahl stets zu Haus, lieb dein Weibchen, sonst ist's aus.*
Mutter hatte viele Wandtücher im Haus. In der Küche über dem Tisch hing eines mit Äpfeln und Birnen, mit einer Flasche Wein und einem gebratenen Huhn ohne Kopf. Darunter die Zeile: *Gutes Essen macht Sorgen vergessen.*
Dieser Spruch gefiel allen im Haus. Mutter mußte ihn vielen,

die ins Haus kamen, auf ein Stück Zeitungspapier schreiben, weil auch sie ihn sticken wollten.
Mutter sagte, daß Wandtücher sehr schön und außerdem sehr lehrreich sind.
Mutter nähte nur abends, wenn im Haus saubergemacht und der Hof kalt und so voller Nacht war, daß man nicht hinausgehen konnte.

Tagsüber hatte Mutter zum Nähen keine Zeit. Und täglich sagte sie mehrmals, daß sie keine Zeit habe, daß sie mit der vielen Arbeit nie fertig werde. Das Nähen war keine Arbeit, deshalb nähte sie am Abend.
Mutter kam aus dem Schuften nicht heraus. Die Dorfleute lobten sie aber nicht für ihren Fleiß. Nur über die Nachbarin redeten sie, daß sie nichts wert sei, daß sie am hellen Tag Bücher lese, daß der ganze Haushalt bei ihr Purzelbaum schlage und daß ihr Mann auch nicht mehr wert sei als sie, weil er das alles dulde.
Mutters Blicke sind mal im Eimer, mal auf dem Fußboden.
Jeden Samstag wäscht Mutter den Gang auf, jedesmal kniet sie stundenlang.
Eines Tages wird Mutter mitten im Sandhaufen knien und Wege durch und durch waschen. Und allen Sand wird sie unter den Nägeln haben. Der Sand wird wieder getrocknet sein und zusammenrieseln. Von diesem Sand hat Mutter eines Nachts geträumt, und morgens hat sie den Traum erzählt und dabei gekichert, aber seine Bilder standen wund auf ihrer Haut.
Vom täglichen Aufwaschen waren im ganzen Haus die Bretter der Fußböden faul geworden. Der Holzwurm rettete sich aus der Feuchtigkeit in die Türen, Tischplatten und Türgriffe. Auch in die Rahmen der Familienbilder nagte er mehlige Rillen. Mutter kehrte das Holzmehl auf mit einem neuen Besen. Alle Besen kaufte sie vom Besenbinder Heinrich. Ihre Stiele waren rauh und verschmiert mit Fettflecken und verklebt mit verbranntem Zucker. Die Frau des Besenbinders buk täglich

Kuchen. An einem Tag waren es Krapfen und am anderen Zuckerschnecken. Man roch die Hefe aus dem Teig, auch wenn der Kuchen schon gebacken war.

Das Haus war voller Hefe und verstreutem Zucker. Auf dem Sparherd stand ein Töpfchen Milch mit aufgeweichter Hefe.
66 Die Milch trieb am Rand eine große trübe Blase, die wie ein Auge mit einem scheelen Blick aussah.

Die Frau des Besenbinders hatte sieben Katzen im Haus. Sie hatten keinen Namen, doch wußte jede, wer die andere ist, und der Besenbinder und seine Frau wußten es auch.

Die jüngste schlief im Eierkorb und hatte bisher nie ein Ei zerbrochen.

Die älteste schlief unten auf dem Tischkreuz. Ihr Bauch hing zu beiden Seiten vom Brett herab. Sie schnarchte, und der Besenbinder sagte jedesmal, daß dies vom Alter kommt. Und wenn man ihn fragte, wie alt sie denn schon sei, sagte er sehr alt und schaute einem nicht mehr ins Gesicht, und suchte rasch eine gebückte Arbeit, bei der er mit dem Kopf nach unten und mit dem Hintern nach oben stand. Seine Hände lagen auf dem Boden unter seinen Knien.

Die Katzenjungen, die im Winter zur Welt kamen, wurden in einem Eimer mit kochendem Wasser ertränkt, und jene, die im Sommer kamen, in einem Eimer mit kaltem Wasser. Nach dem Ertränken wurden sie im Winter und im Sommer mitten im Misthaufen eingescharrt.

Nachts raschelte es vom Garten her, und der Besenbinder stieg aus dem Schlaf in die Küche hinaus und ging den Teppich entlang auf und ab.

Am nächsten Morgen schnitt er mit seiner Sichel den Reisern die Beine ab und band sie zu Bündeln.

Er schnitt eine Weile und trank eine Weile. Gegen Abend schaute er eine Weile ins Leere und trank eine Weile, und schaute ins Leere und trank eine Weile, und trank eine Weile und war immer noch im Garten, als alle Reiser längst schon

gebündelt auf der Erde lagen. Immer trug er die Schnapsflasche im Rock. Auch der Schweiß und der Urin, den er in den Garten plätschern ließ, rochen nach Schnaps.
Überall glitten seine Augen aus. Manchmal schwammen sie ihm über das Gesicht. Sie waren feucht und trüb und kalt. Der Wind fingerte von innen an seinem schweißnassen Hemd.
Der Garten war in seiner Leere wie eine große Vertiefung. Die Schuhe des Besenbinders fanden nicht mehr heraus aus dieser Beule. Seine Knie schlugen beim Gehen aneinander. Seine Füße vertauschten sich und wollten übereinander gehen.
Er sah viele Schuhe vor sich und hatte nichts damit zu tun, und trat immer wieder mit Schuhen darauf, mit denen er genauso wenig zu tun hatte. Keine dieser vielen Schuhe waren seine Schuhe, und keine dieser vielen Beine waren seine Beine.
Die Katzen schlafen, schnurren und fressen jetzt im Haus. Wenn sie aus dem Hof kommen, treten sie mit zerblasenen Pelzen und steifen Beinen über die Schwelle. Sie sträuben das Fell, bis wieder ein wenig Wärme in ihre Körper findet.
Abends sitzen sie rund um die Hinterbeine der Kuh und schauen der Frau des Besenbinders auf die melkenden Hände. Sie haben Knoten in den Eingeweiden und beißen sich ungeduldig auf die Zungen.
Ihr Blick bleibt starr auf die melkenden Finger gerichtet. Aus dem Euter spritzt weiße Milch. Ihre Augen werden starr und klar wie Trauben. Die Frau des Besenbinders klemmt den Kübel zwischen ihre Beine. Sie beißt sich auf die Unterlippe. Ihr Mund ist wie ein Strich, so hart und schmal. Die Ader auf ihrer Nasenwurzel schwillt an, sie preßt die Stirn an den Bauch der Kuh. Die Kuh senkt den Kopf in die Futterkrippe und frißt. Manchmal schlägt sie mit dem kotigen Schwanz einen schwachen Kreis. Ihre Beine stehen lahm im Stroh.
Die Frau des Besenbinders schiebt den Melkschemel weg. Sie hebt den Kübel hoch. Aus seinem Schnabel läßt sie schäumende Milch in eine große Schüssel fließen. Sie zerschneidet eine Scheibe Brot und taucht große Brocken in die Milch.

Sie stellt die Schüssel auf den Boden. Die Katzen springen ihr über den Arm und drängen sich um den Schüsselrand. Sie stöhnen vor Gier. Ihre Zungen werden lang und rot. Die schwächeren Katzen stehen außerhalb des Kreises. Sie schauen von hinten zu, als könnten sie davon satt werden.

68 In den Winternächten gehen die Katzen die Bodentreppen hinauf bis unters Dach. Sie tragen ihre glühenden Augen vor sich her. Sie fauchen in die Mehlkisten und gehen in den Selchkammern spazieren. Sie lehnen sich an die geräucherten Speckseiten und lecken an den salzigen Rändern. Sie haben Chitinpanzer und Wespenhülsen in den Schnurrbärten hängen, wenn sie wieder unten im Haus sind. Und in den Ohren haben sie dreckiges Schmalz. Sie schmieren Mehl und Ruß an die Wand, an der die Besen stehen.

Die fertigen Besen wurden immer an die Gangwand gelehnt, mit den Stielen nach unten. Die Katzen gingen zwischen ihnen hindurch, und wenn ein Besen umfiel, stieg eine Staubwolke hoch von der gestampften Erde, und die Katze sprang mit einem Satz über die Gartentür.

Mutter kaufte sich jeden Morgen einen dieser angelehnten Besen. Immer rochen diese Besen nach Krapfen und Pflaumenschnaps, und immer waren sie voller Staub und kleiner Spinnen.

Mutter ging mit ihrem gekauften Besen, nachdem sie durchs Gassentor getreten war, geradeaus zum Brunnenrohr und pumpte viel Wasser drauf. Das Wasser floß klar in den Besen hinein und rann dreckig heraus in den Hof.

Mutter klopfte den Besen an den Zaun, daß alle Latten krächzten, und aus den Reisern spritzten kleine glänzende Samenkörner aufs Pflaster und liefen eine Weile über Steine hin. Wenn sie stehenblieben, sah man sie nicht mehr. Sie glänzten dann nicht mehr.

Mit ihrem neuen Besen kehrt Mutter zuerst die Wände ab.

Mutter hat einen Zimmerbesen, einen Küchenbesen, einen

Vorderhofbesen, einen Hinterhofbesen, einen Kuhstallbesen, einen Schweine- und einen Hühnerstallbesen, einen Holzkammerbesen, einen Scheunenbesen, hat einen Hausbodenbesen, einen Selchkammerbesen und zwei Gassenbesen, einen für das Pflaster und einen für das Gras.

Mutter hat viele Sommerbesen für die Blätter, die zu Boden fallen, hat viele Winterbesen für den Schnee, der den Hof und die Straßen zudeckt. Alle diese Besen haben lange Stiele. Mutter hat auch viele Besen mit kurzen Stielen. Mutter hat einen Brotkrümelbesen in der Tischschublade, einen Teppichklopfbesen auf dem Fensterbrett, einen Bettzeugbesen zwischen den Ehebetten, einen Kleiderbesen im Kasten, einen Möbelabstaubbesen auf dem Kasten.

Mutter hält mit ihren Besen das ganze Haus sauber.

Mutter kehrt den Staub vom Wanduhrkasten. Sie öffnet die Uhrtür und kehrt auch das Zifferblatt. Mutter kehrt den Wasserkrug, die Kerzenständer, den Lampenschirm, die Brillenschachteln und die Medikamentenschachteln mit dem kleinsten Besen ab. Mutter kehrt die Radioknöpfe, die Gebetbuchdeckel und Familienbilder ab.

Mutter kehrt mit ihrem langstieligen neuen Besen die Wände ab.

Den Spinnen reißt sie das Gewebe vom Leib. Die Spinnen fliehen an die Unterseite der Möbelstücke. Mutter findet sie auch dort, Mutter legt sich auf den Bauch und zerquetscht sie mit dem Daumen.

Mutter hängt ein frisches Wandtuch auf. *Morgenstund' hat Gold im Mund.* Über dem Spruch ist ein Vogel aus grüner Wolle mit einem sehr weit geöffneten Schnabel zu sehen. Ich kenne den Vogel, seitdem ich sehen gelernt habe. Gehört habe ich ihn erst viel später. Er singt nur, wenn niemand im Zimmer ist. Wenn jemand eintritt, hört er zu singen auf. Den Schnabel aber hält er, auch wenn er nicht singt, weit offen.

Einmal jedoch schloß er seinen Schnabel. Ich lief schnell und

rief Großmutter herbei. Als ich mit ihr neben dem Bett stand, war sein Schnabel aber wieder weit offen. Der Vogel blinzelte mit einem Auge. Das aber sagte ich Großmutter nicht mehr, denn sie war sowieso sehr böse, weil ich sie aus dem Hinterhof hergenarrt hatte, zog mich mit ihrer harten Hand am Ohrläpp-
70 chen und schrie dazu: Ich reiße dir die Ohren aus dem Kopf.
Mutter hebt die Fensterflügel aus und wäscht sie in einer großen blechernen Wanne. Sie sind so sauber, daß man das ganze Dorf darin sieht, wie im Spiegel des Wassers. Sie sehen aus, als wären sie aus Wasser. Auch das Dorf sieht aus, als wäre es aus Wasser. Man wird schwindelig, wenn man lange das Dorf in der Scheibe ansieht.
Es ist alles sauber. Mutter verdunkelt die Zimmer, die Vorzimmer. Das ganze Haus ist unbewohnt und dunkel. Auch die Fliegen surren verstört durch die letzte offene Tür. Mutter schließt auch diese Tür. Sie steht eine Weile wie ausgesperrt im Hof. Die grelle Sohne macht sie für eine Weile blind. Mutter hält die Hand wie einen Mützenschirm vor die Augen.
Mutter hört etwas in der Dachrinne piepsen. Es haben sich Spatzen ein Nest gemacht. Mutter lernt wieder sehen. Sie geht schon in den Hinterhof, dic lange Leiter holen.
Das Nest ist klein und locker. Es hängt an ihrem Besen und fällt zu Boden. Es stürzen Schreie in grauer faltiger Haut aufs Pflaster. Die Katze sitzt da auf ihren Hinterbeinen, sie hat den Schwanz ruhig und gerade hinter sich liegen. Die Vogeljungen quietschen noch in ihrem Hals. Sie wehren sich noch in ihrer Speiseröhre. Die Katze schaut gemütlich in die Sonne.
Mutter steht noch immer auf der langen Leiter. Die Sprossen drücken ihre Fußsohlen breit. Mutter steht mit den Fußsohlen über mir. Sie zerquetscht mir das Gesicht. Mutter stellt sich auf meine Augen und drückt sie ein. Mutter tritt mir die Pupillen ins Weiße der Augen. Mutter hat dunkelblaue Maulbeerflecken an den Fußsohlen.
Mutter blickt seitlich zu mir her. Ihr halbes Gesicht ist groß

und kalt wie ein halber Mond. Mutter hat nur noch diese eine Gesichtshälfte, und darin ist das Auge so schmal wie ein Riß. Die Leiter wackelt, und Mutter schaukelt übers Dorf. Mutter kann die Toten, die im Himmel sitzen, mit ihren Händen berühren.
Es ist heiß in der Luft überm Dorf, es ist kein Vogel in der Luft,
es ist später Nachmittag.
Das Gassentor quietscht. Vater kommt herein. Vater ist schon da. Vater kann heute geradegehen, Vater ist nicht betrunken. Mein Herz klopft vor Freude. Ich warte auf den Abend. Es ist auch Angst in der Freude. Mein Herz klopft vor Angst in der Freude, vor Angst, daß ich mich nicht mehr freuen kann, vor Angst, daß Angst und Freude dasselbe ist.
Ich versuchte zu Abend zu essen. Meine Zähne paßten nicht übereinander. Der Speichel in meinem Mund hatte einen Geschmack, als wäre er nicht von mir. Auch das Wasser, das ich trinken wollte, blieb mir im Halse stecken.
Vielleicht wird dieser Abend einer dieser wenigen stillen Abende. Vielleicht darf ich Vater wieder kämmen, vielleicht finde ich ein graues Haar, dann reiße ich es mit der Wurzel aus. Vielleicht werde ich Vater eine rote Masche ins Haar binden. Ich werde heute seine Schläfe nicht berühren.
Ich greife Vater nie mehr ins Gesicht. Das ist sein Tod.

Einmal war Großmutter wieder aufs Brunnenpflaster gefallen. Ihre Kittel hatten sich damals nicht unter die Arme geschoben, und ich lachte sehr lange. Ich wußte auch, daß sie nicht wegen dem Pflaster, sondern wegen meinem Lachen so hart hingefallen war.
Großmutter bekam damals einen Gipsarm. Sie trug ihn einen Sommer lang. Am Ende des Gipsarms schaute ihre Hand, eine wirkliche Hand, hervor. Großmutters Gipsarm war sehr schön. Er war sehr weiß und sah sehr kräftig aus. Ich sagte Großmutter einmal, daß er ihr gut steht. Sie wurde böse und

warf mit ihrem Pantoffel nach mir. Sie traf mich nicht, aber ich begann zu weinen.

Großmutters Gipsarm war mit der Zeit schmutzig geworden. Der Arzt aus der Stadt, der ihr diesen Gipsarm gemacht hatte, hatte ein aufgedunsenes und sehr bleiches Gesicht. Als er Großmutters Gipsarm sah, wurde sein Gesicht noch größer. Auf ihrem Gipsarm waren einige Spritzer Kuhmist, einige grüne Tomatenkrautspuren, viele blaue Pflaumenflecken und einige Fettflecken. Es war ein ganzer Sommer darauf, und der Arzt schien etwas gegen diesen Sommer zu haben. Er machte ihr einen neuen Gipsarm. Der erste Gipsarm war der schönere. Dieser neue Gipsarm gefiel mir nicht. Er war blütenweiß, und Großmutter sah damit ein wenig unbeholfen aus.

Großmutter hatte mich an diesem Tag in die Stadt mitgenommen.

Mit ihrem neuen Gipsarm gingen wir in einen Park. Dort gab mir Großmutter Weißbrot und Salami zu essen. Vor unserer Bank tippelten Tauben hin und her. Sie hatten keine Angst vor mir, und sie pickten das Brot, das ich ihnen hinwarf, auf.

Großmutter schüttelte die Brotkrümel aus der Schürze, wir erhoben uns, und ich bekam ein großes rosarotes Eis, wobei Großmutter, bevor ich noch daran zu schlecken begann, betonte, daß ich das Eis nicht verdiene, weil ich im Zug nicht brav auf meinem Platz gesessen hätte. Ich wollte den roten Mohn aus dem Feld pflücken, ich wollte, der Zug solle stehenbleiben. Es hätte gar nicht lange gedauert. Ich konnte rasch Blumen pflücken. Aber der Zug fuhr wie ein Wilder an allen roten Mohnblumen vorbei.

Sooft ich mit Großvater unten im Tal Sand ausheben war, fuhr ein schönerer Zug am Fluß vorbei. Ich hörte ihn von weitem. Er machte schöne rhythmische Geräusche, und es waren Köpfe in seinen Fenstern. Ich sprang vor Freude in die Höhe und winkte. Und die Hände aus den Fenstern winkten zurück. Sie waren sehr weit, winkten aber noch immer.

Manchmal waren Frauen in den Fenstern, die hatten schöne Sommerkleider an. Ihre Gesichter sah ich nie genau, aber ich wußte dennoch, daß sie so schön wie ihre Kleider waren und daß diese Frauen nie absteigen würden in unserem Bahnhof, der zu klein für sie war. Sie waren zu schön, um in diesem Bahnhof auszusteigen.

Ich wollte sie nicht einschüchtern durch mein Winken, vielleicht waren sie scheu. Und meine Hände wurden winkend immer schwerer und fielen an mir herab.

Ich stand da neben dem rauschenden Zug und schaute in seine Räder, und ich hatte das Gefühl, daß der Zug mir aus dem Hals herausfährt und es ihn nicht kümmert, daß er mir die Eingeweide zerreißt und ich sterben werde. Er führt seine schönen Frauen in die Stadt, und ich werde hier sterben neben einem Haufen Pferdemist, auf dem die Fliegen brummen.

Ich ging einen Grasfleck ohne Kieselsteine suchen. Ich wollte auf den Rücken fallen, um mir nicht das Gesicht zu zerkratzen. Ich wollte im Schatten auskühlen und eine schöne Tote sein. Und bestimmt werden sie mir auch ein schönes neues Kleid anziehen, wenn ich gestorben bin.

Es war hoher Mittag, und der Tod kam nicht.

Ich stellte mir vor, daß sie sich fragen würden, wie ich denn so unerwartet gestorben sei. Und Mutter würde viel um mich weinen, und das ganze Dorf würde sehen, wie gern sie mich gehabt hat.

Doch der Tod kam noch immer nicht.

Der Sommer wälzte seinen schweren Blumenduft aus dem hohen Gras über mich. Die wilden Grasblumen krochen mir unter die Haut. Ich ging an den Fluß und goß mir Wasser über die Arme. Es wuchsen hohe Stauden aus meiner Haut. Ich war eine schöne sumpfige Landschaft.

Ich legte mich ins hohe Gras und ließ mich in die Erde rinnen. Ich wartete, daß die großen Weiden zu mir über den Fluß kommen, daß sie ihre Zweige in mich schlagen und ihre Blätter

in mich streuen. Ich wartete, daß sie sagen: Du bist der schönste Sumpf der Welt, wir kommen alle zu dir. Wir bringen auch unsere großen schlanken Wasservögel mit, aber die werden flattern in dir und in dich hineinschreien. Und du darfst nicht weinen, denn die Sümpfe müssen tapfer sein, und du mußt alles ertragen, wenn du dich mit uns eingelassen hast.
Ich wollte weit werden, damit die Wasservögel mit ihren großen Flügeln Platz in mir haben, Platz zum Fliegen. Ich wollte die schönsten Dotterblumen tragen, denn auch sie sind schwer und leuchtend.
Großvater hatte bereits einen Berg Sand ans Ufer geschaufelt. Ich sammelte die aufgebrochenen Muschelschalen. Ich trug sie ans Wasser und trank daraus. Sie waren weiß und glänzend wie Email, und das Wasser war gelb und voll gelber Erde und winziger Tiere, die auch wie Erde aussahen, aber zappelten.
Ich hatte Sand zwischen den Zähnen. Ich zerbiß ihn, und es knirschte und kratzte mir zwischen Zunge und Gaumen. Ich wußte auf einmal, wie schmerzhaft es sein muß, wenn Muscheln sterben.
Ich hatte Sand in der Hose. Er rieb mich beim Gehen auf, und es war der gleiche Schmerz, wie wenn Muscheln sterben.
Ich ging bis zum Bauch ins Wasser. Meine Hose wurde naß und quoll an. Das Wasser gehörte zu meinem Bauch. Ich fuhr mir mit der Hand unter den Hosengummi und wusch mir den Sand ab zwischen den Beinen.
Ich hatte dabei den Eindruck, etwas Verbotenes zu tun, aber es sah mich ja niemand. Großvater sah seinem Sand nach, der ununterbrochen ans Ufer fiel. Doch Gott ist überall. Dieser Satz fiel mir ein, den ich in den Religionsstunden immer hörte. Ich suchte Gott in den Bäumen und fand ihn dann mit seinem großen weißen Bart hoch oben über den Blättern, hoch oben im Sommer.
Die Muttergottes hatte jedesmal, wenn ich vorn in der Kinderbank saß, einen erhobenen Zeigefinger. Sie machte aber immer

ein freundliches Gesicht dazu, und ich hatte keine Angst vor ihr. Sie trug auch immer dieses lichtblaue lange Kleid und hatte schöne rote Lippen. Und als der Pfarrer sagte, daß Lippenstifte aus dem Blut der Flöhe und anderer abscheulicher Tiere hergestellt werden, fragte ich mich, weshalb sich die Muttergottes auf dem Seitenaltar die Lippen färbt. Ich fragte auch den Pfarrer, und er schlug mir damals mit dem Lineal die Hände rot und schickte mich gleich darauf nach Hause. Ich konnte mehrere Tage nachher die Finger nicht biegen.
Ich ging in den Garten hinter den Strohschober und legte mich in den Klee, und schaute hinauf in den Sommer. Es hing keine einzige Wolke über diesem heißen Tag, und ich fand in der großen weiten Welt den Bart Gottes nicht. Gott war an diesem Tag nicht überall.
Großvater schaufelte noch immer Sand aus dem Fluß. Seine flatterigen knielangen Unterhosen klebten sich ihm an die Beine. Sie sahen zwischen seinen Schenkeln wie Schwimmhäute aus.
Ich sah eine dicke Knolle unter der Leinwand. Sie war dort, wo Großmutter ihren Haarschopf hatte. Das war also das große Geheimnis der Erwachsenen.
Großvater hatte sehr viel Haar auf der Brust und auf den Beinen, und auf den Armen, und auf den Händen. Auf dem Rücken hatte er zwei große behaarte Schulterblätter.
Großvaters Haare waren naß und klebten an der Haut. Er sah wie abgeleckt aus. Seine Haare waren nicht häßlich und nicht schön, demnach waren sie umsonst da, dachte ich.
Und Großvaters Zehen waren sehr lang und sehr verbogen von vielen Knoten aus harter Haut. Ich war erleichtert, wenn Großvater sie unterm Wasser hielt.
Wenn er einen Fuß hochhob, um den Sand weiter weg vom Ufer zu werfen, sah ich, wie weiß und ausgewaschen sein Fuß war, wie etwas Totes und Verschwemmtes.
Großvater ließ unerwartet die Schaufel ans Ufer schnappen

und hob mich blitzschnell aus dem Wasser heraus. Vor ihm bewegte sich eine dünne schwarze Schlange. Sie war sehr lang und dünn und schlug mit den Körper Wellen. Beim Schwimmen hielt sie den flachen spitzen Kopf über der Wasseroberfläche.

76 Sie hatte einen Körper wie ein treibender Ast, nur war er viel glatter und glänzender. Großvater hatte sie von weitem gesehen.

Ich glaube, sie war sehr kalt.

Großvater versperrte ihr den Weg mit seiner Schaufel. Er hing sie über den Schaufelstiel und warf sie ans Ufer auf seinen Sand.

Sie war schön und eklig und so tödlich, daß ich Angst bekam um ihr Leben und ihr nicht den Tod wünschen konnte.

Großvater hackte ihr mit seiner Schaufel den Kopf ab.

Ich wollte auf einmal kein Sumpf mehr sein. Meine Haut war trocken, als ich mich mit den Fingerspitzen zaghaft befühlte.

Großvater schaufelte noch immer Sand aus dem Fluß.

Das Pferd fraß die Eisenbahnschienen entlang das hohe Gras. Sein Kopf und sein Bauch klebten voller Klettenknollen.

Der Abend ließ den Fluß tiefer erscheinen. Es war noch taghell im Tal. Doch der Fluß war schon dunkel, und das Wasser war schon schwer.

Großvater stieg aus dem Fluß und schaufelte seinen Sand auf den Wagen.

Er trieb das Pferd an den Fluß und ließ es saufen.

Es neigte seinen langen Hals und schlürfte so tief Wasser in sich, daß ich mir nicht vorstellen konnte, wie tief sein Bauch ist. Aber ich wußte, daß es einen ganzen Regen trinken kann, wenn es Durst hat.

Großvater spannte es jetzt vor den Wagen, und wir fuhren den Berg hinauf ins Dorf. Von den Wagenlatten tröpfelte Wasser. Es war noch sehr viel Flußwasser im Sand. Hinter uns blieb eine Wagenspur, eine Wasserspur, eine Sandspur und eine Pferdespur zurück.

Großmutter kam mit dem Weidenkorb aus dem Krautgarten. Sie hatte wieder einen Suppentopf beim Alteisen hinter den Schlehen gefunden.
Sie füllte ihn mit Erde an und pflanzte eine Geranie hinein.
Großmutters Geranien waren so ausdruckslos wie Papierblumen, und es gab für Großmutter nichts Schöneres als Geranien in Suppentöpfen.
Sie hatte ein Brett voll Geranien im Gang, ein Brett voll Geranien neben der Gangtür auf den Stiegen, ein Brett voll Geranien neben der Gartentür im Hof stehen.
Sie hatte ein Zimmerfenster und ein Küchenfenster voll Geranien in Suppentöpfen. Und der Sandhaufen neben dem Schweinestall war voller Geraniensetzlinge. Und alle Balken des Hauses hingen voller Suppentöpfe.
Großmutters Geranien blühten ein Leben lang.
Großvater verlor nie ein Wort darüber. Er sprach nie in seinem Leben das Wort Geranie aus. Er fand Geranien nicht häßlich und nicht schön. Sie waren für ihn so umsonst da, wie für mich die Haare auf seiner Haut umsonst da waren. Oder er sah sie überhaupt nicht.
Als Großvater starb, trug Großmutter alle Geranien, die sie gesammelt hatte, in sein Zimmer.
Großvater war in einem Wald von Geranien in Suppentöpfen aufgebahrt. Und sie waren auch jetzt umsonst. Großvater verlor auch jetzt kein Wort darüber.
Und nach seinem Tod änderte sich etwas: Großmutter brachte keine Geranien und keine Suppentöpfe mehr nach Hause.
Aber die Geranien und die Suppentöpfe, die sie bis dahin gesammelt hatte, die hat sie heute noch.
Sie sind jetzt schon alt. Sie sind uralt, und sie blühen ein Leben lang.

Ich war aufgewacht. Großvater hämmerte wieder. Ich hörte, wie sich das Hämmern im Hof überschlug. Alles stand eine

Weile kopf und fiel dann in sich zurück. Selbst die Luft machte Lärm, auch die Grashalme polterten.

Jetzt war mein Schlaf ganz weg. Großmutter klopfte im Nebenzimmer die Wärme aus den Betten, und es stob Flaum in die Luft und kroch ihr in die Augen.

78 Dann trug Großmutter den vollen Nachttopf in den Hinterhof und ließ eine Kette aus Tropfen hinter ihrem Gang im Zimmer, im Vorzimmer, im Gang, im Hof. Auch ihr Daumen war naß geworden.

Tagsüber stand der Nachttopf unter dem Schemel zwischen den Ehebetten. Er war mit einer Zeitung zugedeckt, und man sah ihn nicht, aber man roch ihn, wenn man das Zimmer betrat.

Jede Nacht hörte ich im Nebenzimmer Großmutters Urin in den Nachttopf rauschen. Wenn es nicht gleichlaut und mit kleinen Unterbrechungen rauschte, wußte ich, daß jetzt Großvater über dem Nachttopf stand. Großmutter wurde jede Nacht um halb drei wach, schlüpfte in die Filzschuhe und setzte sich über den Nachttopf. Und wenn sie einmal nicht um halb drei wach wurde, wurde sie nicht mehr wach bis zum Morgen, und ich wußte, daß sie in einen tiefen, ungesunden Schlaf gefallen war und die nächsten drei Tage krank im Bett verbringen wird. Es tat ihr nichts weh oder alles, und sie fiel vom Schlaf in den Halbschlaf und vom Halbschlaf in den Schlaf. Am vierten Tag stieg sie zeitig aus dem Bett und ging mitten in ihren Haushalt hinein und klapperte sich mit den Töpfen in den späten Nachmittag, und in die Abwasch- und Auskehr- und Aufwaschstunden, und in das Unkrautjäten im Garten ließ sich der Abend herab.

Großmutter hatte den schönsten Mohn im Dorf. Er war höher als der Zaun und voller schwerer, weißer Blüten. Wenn Wind aufkam, schlugen die langen Stengel aneinander, die Blüten kamen ins Zittern, aber es fiel kein einziges Blatt zu Boden.

Großmutter trug die großen, breiten Blütenblätter in den Augen. Sie jätete jeden Faden Unkraut aus dem Beet.

Wenn die Mohnköpfe strohgelb und trocken waren, nahm sie das größte Messer aus der Schublade und schnitt sie alle in einen großen Weidenkorb. Sie ließ die Töpfe fallen, wenn sie kochte, die Teller zerbrachen ihr in der Hand, die Gläser zersplitterten vor ihr auf dem Boden, die Geschirrtücher stanken und trockneten nicht mehr von einem Tag zum anderen vom
vielen Abwasch, die Messerschneiden waren schartig, die Katzen dösten auf den Stühlen in der Küche, schnurrten und schnarchten. Großmutter erzählte hinter der Nähnadel von den Mohnköpfen ihrer Kindheit.
Urgroßmutter, die jetzt über Großmutters Bett in einem Rahmen hängt, leerte Großmutter drei Mohnköpfe auf einmal in den Hals. Großmutter würgte die harten Körner in sich hinein und fiel in einen tiefen Schlaf. Die Eltern und Knechte gingen aufs Feld und ließen sie schlafend im Haus zurück, und wenn sie spät abends heimkehrten, fanden sie sie immer noch im Schlaf.
Man gab ihr auch Krähenmist, der schmeckte nach Gips, war kalkig und spröd und scharf. Die Brocken zwickten auf der Zunge, und man fiel davon in einen langen, krähenschwarzen Schlaf.
Großmutters Bruder, dem verweinten Franz, steckte man eines Tages einen zu großen Brocken Krähenmist in den Mund, und er wachte nie wieder auf. Er war steif geworden und hatte das Gesicht voller blauer Flecken. Und sie haben ihm, da er nur noch schlafen wollte, eingescharrt ohne Begräbnis, ohne Musik, in einem zu Haus gezimmerten Sarg aus rohem, kratzigem Holz aus den Brettern einer Marmeladekiste.
Der Pferdeknecht führte ihn mit seinem Schubkarren auf den Friedhof hinaus, durch den Staub der Straßen und durch die Leere des Dorfes. Es merkte niemand im Dorf, daß jemand gestorben war. Auch im Haus merkte es niemand. Es waren noch Kinder genug da, eine Kammer voll, eine Stube voll und eine Ofenbank voll. Im Winter gingen sie einzeln ins Dorf und

abwechselnd zur Schule, weil es nicht Schuhe genug im Haus für alle Füße gab. Man konnte im Haus niemandem fehlen. Wenn der eine nicht da war, war eben der andere da.

Heute haben sie bloß ein Kind im Haus, und das hat sieben Paar Schuhe, und was ist das schon. Das Haus ist leer, und da stehen die Schuhe, und sie sind immer blitzblank und sauber, weil das Kind nicht mehr durch den Dreck gehen darf, und wenn es regnet, wird es auf den Arm genommen und getragen.

Großmutter räuspert sich und redet dann stundenlang kein Wort mehr. Manchmal geht sie im Haus hin und her und singt *Kornblumenblau sind die Augen der Frauen beim Weinen* oder *beim Weine*. Sie singt es einmal mit *Weinen* und einmal mit *Weine*. Und sie hat hundert Beete voller Mohn im Gedächtnis, und alle weißen Blüten, die es je im Garten gab, welken auf ihrem Gesicht und fallen zur Erde in ihrem Gang. Und alle schwarzen Mohnkörner rieseln herab aus ihren Röcken, die so schwer sind, daß sie vor lauter Mohn kaum noch gehen kann.

Mutter weint. Sie redet beim Weinen genausoviel wie sie weint, genausoviel wie beim Reden und bekommt immer einen Schnupfen aus Wasser und Glas, die sie an den Ärmel wischt.

Vater ist wieder betrunken. Er dreht den Fernseher an und schaut auf den leeren Bildschirm. Es flimmert nur von innen, und aus dem Flimmern hört man Musik. Und Vaters Gesicht ist so leer wie der Bildschirm, und Mutter sagt, mach den Fernseher aus, und Vater stellt bloß den Ton ab und läßt es weiter flimmern, und beginnt ein Lied zu singen, das Lied von den *Drei Kameraden, die zogen ins Leben hinaus*.

Bei *hinaus* wird Vaters Stimme sehr laut, und er zeigt durchs Fenster auf die Straße hin. Das Pflaster ist voller Gänsedreck. *Wo sind sie denn geblieben, in der großen, großen, weiten Welt?* Vaters Stimme wird weicher. Der Wind hat sie vertrieben, *weil kein Mensch, kein Mensch zu ihnen hält*. Der Dorfwind zittert über den Grashalmen und dem Gänsedreck. Vater

hat das Gesicht, hat die Augen, hat den Mund, Vater hat die Ohren voll mit seinem eigenen, rauhen Lied.
Die Küche ist voller Dampf. Aus dem Rübentopf steigt wieder ein muffiger Qualm zur Decke auf und verschlingt unsere Gesichter.
Wir schauen hinein in den heißen Nebel, der schwer ist und uns die Schädeldecke eindrückt. Wir schauen weg von unserer Einsamkeit, von uns selbst und ertragen die anderen und uns selber nicht, und die anderen neben uns ertragen uns auch nicht.
Vater singt, Vaters Gesicht fällt singend unter den Tisch auf das Tischkreuz, verdammt nochmal, wir sind eine glückliche Familie, verdammt nochmal, das Glück verdampft im Rübentopf, verdammt nochmal, der Dampf beißt uns von Zeit zu Zeit die Köpfe ab, das Glück beißt uns von Zeit zu Zeit die Köpfe ab, verdammt nochmal, das Glück frißt uns das Leben.
Mein Gesicht fällt in die klaffenden Filzschuhe der Großmutter. Dort ist es dunkel, dort ist die große schwarze Geborgenheit, in der man nicht atmen muß, dort ist der Ort, wo man ersticken kann, an sich selbst. Mutter weint und redet, Mutter redet und weint. Mutter redet weinend und weint redend.
Mutter bringt im Weinen lange Sätze zustande, die nicht mehr abreißen wollen, und wenn sie mich nichts angingen, wären sie schön. Aber sie haben diese schweren Wörter in sich, und Vater beginnt wieder sein Lied zu singen und nimmt singend das Messer aus der Schublade, das größte Messer, und ich kriege Angst vor seinen Augen, und das Messer zerschneidet alles, was ich denken will.
Mutter hört plötzlich mit dem Reden auf, Vater hat schon das Messer gehoben und droht. Vater singt und droht mit dem Messer, und Mutter wimmert nur noch ganz leise mit verstopfter Kehle.
Dann stellt sie noch einen weißen Teller auf den Tisch, der schon gedeckt ist, und legt einen Löffel so behutsam hinein, daß man ihn gar nicht hört, wie er den Tellerrand berührt.

Ich fürchte, daß der Tisch in die Knie gehen, daß er einstürzen wird, bevor wir uns daran setzen oder während des Essens.

Großvater kommt aus dem Hinterhof und hat Dreck und Gras an den Schuhen kleben. In seinen Rocktaschen rasseln die Nägel.

82 Großvater hat alle Kleider voller Nägel, selbst die Taschen seiner Sonntagskleider stecken mit Nägeln voll. Einmal fand Mutter einen Nagel sogar in seinem Schlafanzug, worauf sie sehr böse wurde und das Haus vollschrie.

In jeder Hausecke stehen Kisten und Schachteln mit Hämmern und Nägeln. Wenn Großvater hämmert, hört man zwei Töne auf einmal, einen von dem Hammer und einen aus dem Dorf. Der ganze Hof mit seinem steinharten Boden widerhallt. Den Kamillen fallen die feinen weißen Zähne aus. Ich fühle, wie schwer der Hof mir auf den Zehen liegt, der Hof lastet mir auf den Füßen, der Hof schlägt mir beim Gehen in die Knie. Der Hof ist hart und groß und wild verwachsen. Ich rede, so laut ich nur kann, und das Hämmern reißt mir die Sätze vom Gesicht. Großvater spricht gerne von seinen Hämmern und Nägeln und sagt auch von manchen Leuten, daß sie vernagelt sind. Großvaters Nägel sind neu und spitz und glänzend. Und seine Hämmer sind plump und schwer und rostig und haben viel zu dicke Stiele.

Manchmal ist das Dorf eine riesengroße Kiste aus Zaun und Mauer. Großvater klopft seine Nägel hinein.

Man geht auf der Straße und hört das Hämmern, das klingt, als hämmerten Spechte. Ein Zaun wirft den Schall an den anderen. Man geht zwischen den Zäunen umher. Die Luft zittert, das Gras zittert, die blauen Pflaumen hauchen in die Bäume. Und es ist hoher Sommer, und im Dorf flattern die Spechte. Und Mutter hat noch die Hände zum Schuften, und Großmutter hat ihren Mohn und bewegt sich kaum noch durchs Haus, und Großvater versorgt die Kuh und hat seine Nägel, und Vater hat noch seinen Rausch von gestern und trinkt heute wieder.

Und Wendel hat noch immer nicht sprechen gelernt und wird auf den Straßen mit Staub und mit Steinen beworfen, und wird in die Pfützen gestoßen, und in den Graben gerannt, wo der Schlamm stinkt, und wird von den Schulkindern mit Kreide beschrieben, und muß mit dem Rücken voller Kreidestriche durch die Straßen gehn, und wird im Gesicht mit Tinte be-
kleckst, und darf erst, wenn er weint, nach Hause gehn. Erst wenn sein Gesicht verzerrt ist vor Angst, lassen sie ab von ihm, erst wenn er das Genick voller Raupen und Regenwürmer und Blattläuse hat.
Wendel redet fließend, wenn er allein ist und mit sich redet. Ich höre ihn manchmal im Hinterhof. Wir sitzen an demselben Zaun, Wendel in seinem Hof und ich in meinem. Ich esse Malvenfrüchte, von denen man dumm wird, und Wendel ißt grüne Aprikosen und kriegt manchmal davon hohes Fieber. Und wenn er gesund ist, ißt er wieder grüne Aprikosen und redet mit sich selbst.
Ich fragte Mutter, ob der Zaun, der unsere beiden Höfe trennt, mir oder Wendel gehört. Ich wollte hören, daß er mir gehört, ich wollte Wendel davonjagen dürfen, wenn er sich anlehnt an diesen Zaun. Mutter sagte aber, daß der Zaun mir und Wendel gehört, und dann wollte ich seine Zaunseite verwünschen, daß keine einzige Malvenblüte dort wachse. Nur rauhes, starres Gras wünschte ich ihm.
Die Ärzte aus der Stadt sagen, daß Angst die Ursache von Wendels Stottern ist. Die Angst ist einmal in ihm festgewachsen und seither nicht mehr verschwunden. Wendel hat jetzt Angst, daß er zuwenig grüne Aprikosen hat. Er steht auf der Tenne in unserem Hof. Wir spielen Mann und Frau. Ich steck mir die zwei grünen Wollknäuel unter die Bluse, und Wendel klebt sich einen Schnurrbart aus grünen Schafwollfäden an.
Wir spielen. Ich beschimpfe ihn, weil er betrunken ist, weil kein Geld im Haus ist, weil die Kuh kein Futter hat, ich nenne Wendel Faulpelz und Dreckschwein und Vagabund und Säufer

und Tunichtgut und Nichtsnutz und Hurenbock und Schweinehund. So geht das Spiel. Es macht mir Spaß, und es läßt sich spielen. Wendel sitzt und schweigt.

Wendel hat sich mit einer Konservenbüchse in die Hand geschnitten. Es fließt sehr viel Blut ins Gras. Ich sag bloß Trottel und beachte die Wunde nicht. Ich sag bloß Tölpel.

Ich koche im Sand und ziehe meine Puppen an und aus, ich füttere sie mit Sandkuchen und Grasblumensuppe.

Ich rücke meine Brüste zurecht, und Wendel schwitzt unter seinem Schnurrbart. So geht das Spiel.

Ich werfe den Sandkuchen zusammen und zertrete ihn mit den Schuhen. Die Grasblumensuppe fliegt an die Wand und fließt auf die Erde. Ich renne mit meiner nackten Puppe ins Haus und verliere meine Brüste vor der Küchentür.

Dann locke ich Wendel mit den ersten grünen Aprikosen, die noch halb in der Blüte stecken, zu mir her. Und Wendel kommt.

Wir spielen wieder Mann und Frau.

Und Großmutter ruft mich zum dritten Mal. Dann kommt sie selber her. Ich werde unter Ohrfeigen in den Mittagsschlaf getrieben, damit du groß und stark wirst, sagt sie, wenn der Zorn zu Ende ist. Und wen wird sie schlagen, wenn ich groß und stark geworden bin, wen wird es geben, der sich nicht wehren kann vor ihrer harten Hand?

Ich hasse diesen Mittagsschlaf. Ich lieg mit meinem Haß im Bett, und Großmutter verdunkelt das Zimmer und schließt der Reihe nach die Türen: die Zimmertür, die Vorzimmertür, die Eingangstür. Ich darf zwei Stunden nicht heraus aus der Dunkelheit. Ich habe Angst vor dem Einschlafen. Großmutter will mich verhexen. Ich widersetze mich ihrem mohntiefen Schlaf, in dem ich nichts, in dem ich gestorben bin, solange ich schlafe. Der Schlaf schwimmt durch das Zimmer, und schon berührt er meine Haut. Alles wird tiefer, als ich es ertragen kann. Es ist viel Schaum oben an der Zimmerdecke. Vogelschwärme zer-

reißen das Wasser. Es ist viel Hunger in ihren Schnäbeln. Sie werden mich überfallen und mir die Haut verpicken, und sie werden schreien, du bist feig und leer. Ich werde aufwachen ohne Gemüt und ohne Angst.
Der Schlaf drückt mir seinen Muff ins Gesicht. Er riecht wie Großmutters Röcke, nach Mohn und nach Tod. Der Schlaf ist Großmutters Schlaf, Großmutters Gift. Der Schlaf ist Tod.
Und ich sage ihm, daß ich noch ein Kind bin. Ich habe schon öfter sterben wollen, doch damals ging es nicht. Und jetzt ist hoher Sommer, und Vogelschwärme zerreißen das Wasser. Und jetzt will ich nicht sterben, jetzt hab ich mich an mich gewöhnt und kann mich nicht verlieren. Ich schlage die Decke hoch. Es kommt viel kühle Luft an meinen Schweiß. Das Bett ist so weit und groß, das Bett ist so weiß und leer, daß ich mitten in einem Schneefeld liege, mitten in einer frostigen Nacht, mitten im Erfrieren.
Die Hoftür quietscht, die Gangtür knarrt, die Vorzimmertür krächzt, die Zimmertür schlägt gegen den Kasten. Großmutter steht im Zimmer. Sie poltert die Rolläden hoch. Draußen ist heller Tag. Dem Geflügel dampft vor Sommer das Gefieder.
Wendel sitzt auf der Tenne und bindet sich den Schnurrbart an und hält mir die beiden Wollknäuel hin. Ich steck sie stumm unters Kleid. Wir spielen wieder Mann und Frau. Wir spielen nicht zu Ende.
Am Gassenende geht die Sonne unter in einer roten Lache Überdruß. Das Dorf steht wie eine riesengroße Kiste aus Zaun und Mauer in der Gegend. Es kommt ein Sack, ein zugenähter Sack Nacht übers Dorf. Und nichts kühlt ab, alles wird schwarz und schwer und dehnbar.
Die Rolläden knacken in den Fugen. In der Dachrinne treibt Sand. Durch meinen Kopf treiben Dünen von Schlaf. Die Gartentür knarrt, dort geht der Wind durch die Beete die ganze Nacht. Erschreckend viele Bäume hat das Dorf. Ich hab sie alle in meinem Gesicht.

Das Bett ist wie ein Kuhbauch, alles heiß und dunkel und voller Schweiß. An einem Nagel hängen Großvaters Hosenträger, und seine leeren Hosen gehen durchs Zimmer. Wenn ich den Arm ausstrecke, kann ich sie berühren. Vielleicht sind Nägel in den Hosentaschen, man sieht sie nicht.

86 Die Mütter schlafen, die Väter schlafen, die Großmütter schlafen, die Großväter schlafen, die Kinder schlafen, die Haustiere schlafen.

Das Dorf steht wie eine Kiste in der Gegend.

Mutter weint nicht, Vater trinkt nicht, Großvater hämmert nicht, Großmutter hat nicht ihren Mohn, Wendel stottert nicht.

Die Nacht ist kein Ungeheuer, es ist nur Wind und Schlaf darin.

Ich hör im Nebenzimmer den Urin in den Nachttopf rauschen.

Großvater steht über dem Nachttopf. Es ist fünf Uhr.

Großmutter ist um halb drei nicht wach geworden. Sie ist in diesen ungesunden Schlaf gefallen.

Das ist schon lang nicht mehr passiert.

Eines Morgens wird sie gestorben sein.

Wenn die Tümpel seicht werden, trocknen den Fröschen die Rücken ab. Dann kriecht die Hitze in ihren Bauch, und was von ihnen übrigbleibt, ist eine harte Haut.

Sie liegt überall in den Höfen herum. Und nur wenn die Frösche sterben, weiß man, daß sie auch die Häuser bewohnen, daß sie Treppen steigen, auf die Dachböden hinauf, in die schwarzen Schornsteine.

Unser Haus hat zwei Schornsteine, die werden voller Frösche sein. Der eine Schornstein ist rot und der andere schwarz.

Der rote steht über den unbewohnten Zimmern. Nie kommt Rauch aus ihm hervor.

Es hausen viele Eulen darin. Jedes Jahr muß Mutter Schornsteinsteuer bezahlen. Das kostet was, wenn man all die Jahre

zusammenzählt, sagt Mutter, und dabei ist der eine nur für die Eulen da.
In der vorigen Nacht waren sie sehr aufgeregt. Ich hab sie die ganze Nacht gehört auf den Dachziegeln. Sie haben zweierlei Stimmen, höhere und tiefere. Aber auch die höheren sind sehr tief, und die tieferen sind noch viel tiefer.
Das müssen die Männchen und die Weibchen sein. Sie haben eine regelrechte Sprache.
Ich bin ein paar Mal in den Hof gegangen, und nichts konnte ich sehen außer ihren Augen. Das ganze Dach war voll damit. Sie glänzten, und der ganze Hof war hell und schimmerte wie Eis. Es war kein Mondschein. In dieser Nacht ist der Nachbar gestorben. Er hatte am Abend zuvor noch gut gegessen. Er war nicht krank gewesen. Seine Frau hat mich morgens geweckt und gesagt, er sei erstickt am Schlaf. Mir sind gleich die Eulen eingefallen.
Zwischen uns und den Nachbarn ist der Garten voller Himbeeren. Sie sind so reif, daß man sich die Finger daran blutig pflückt. Vor ein paar Jahren hatten wir keine Himbeeren, nur der Nachbar hatte ein paar Stauden in seinem Garten. Jetzt sind sie herübergekommen in unseren Garten, und bei ihm steht keine einzige Ranke mehr. Sie wandern. Der Nachbar sagte mir einmal, daß auch er sie nie gepflanzt hat, sie sind allein gekommen aus einem anderen Garten. In ein paar Jahren werden auch wir keine mehr haben, sie werden weitergewandert sein. Iß dich jetzt satt, denn das Dorf ist klein, und sie wandern zum Dorf hinaus.
Gestern war das Begräbnis. Er war schon alt, aber nicht krank gewesen. Sein Sohn hat ihn vor einigen Monaten aus dem Gebirge gebracht. Sein Haus war eingestürzt, ein aus den Ufern getretener Wildbach hatte es niedergerissen. Im Gebirge sind die Leute gesünder. Er hatte eine Kappe mitgebracht. Sie ist weder eine Mütze noch ein Hut. Solche Kappen trägt man nur in diesem Dorf. Er sagte, daß er mit dieser Kappe begraben

werden will. Er sagte es zum Spaß, denn er wollte nicht sterben. Er war auch nicht krank.

Jetzt haben sie ihm die Kappe auf den toten Kopf gedrückt. Zuerst wollte der Sargdeckel nicht zugehen, so daß sie mit dem Hammer darauf schlugen.

88 Mutters Beine lagen mit meinen unter derselben Decke. Ich stellte sie mir nackt und voller Krampfadern vor. Unendlich viele Beine lagen nebeneinander auf dem Feld.

Es lagen immer nur Männer im Krieg. Ich sah lauter Frauen mit verrutschten Kleidern und zerschundenen Beinen auf dem Schlachtfeld liegen. Ich sah Mutter nackt und erfroren in Rußland liegen, mit zerschundenen Beinen und mit grünen Lippen von den Futterrüben.

Ich sah Mutter durchsichtig vor Hunger, ausgezehrt und faltig bis unter die Haut, wie ein müdes, bewußtloses Mädchen.

Mutter war eingeschlafen. Wenn sie wach war, hörte ich sie nie atmen. Wenn sie schlief, röchelte sie, als hätte sie noch jetzt den sibirischen Wind in der Kehle, und ich fror neben ihr in den Zuckungen gruseliger Träume.

Draußen stieg das Wasser in den Tümpeln. Es war kein Mond im Dorf, und das Wasser war blind und geronnen.

Die Frösche quakten aus den schwarzen Lungen meines toten Vaters, aus der starren Luftröhre meines röchelnden Großvaters, aus den verkalkten Adern meiner Großmutter. Die Frösche quakten aus allen Lebenden und Toten dieses Dorfes.

Jeder hat bei der Einwanderung einen Frosch mitgebracht. Seitdem es sie gibt, loben sie sich, daß sie Deutsche sind, und reden über ihre Frösche nie, und glauben, daß es das, wovon zu reden man sich weigert, auch nicht gibt.

Dann kam der Schlaf. Ich fiel in ein großes Tintenfaß. So dunkel mußte es im Schwarzwald sein. Draußen quakten ihre deutschen Frösche.

Auch Mutter hatte aus Rußland einen Frosch mitgebracht.

Und ich hörte Mutters deutschen Frosch bis hinter meinen Schlaf.

Faule Birnen

Die Gärten sind stechendgrün. Die Zäune schwimmen feuchten Schatten nach. Die Fensterscheiben gleiten nackt und glänzend von einem Haus ins andre. Der Kirchturm dreht sich, das Heldenkreuz dreht sich. Die Namen der Helden sind lang und verschwommen. Käthe liest die Namen von unten nach oben. Der dritte von unten ist mein Großvater, sagt sie. Sie schlägt vor der Kirche ein Kreuz. Vor der Mühle glänzt der Teich. Die Wasserlinsen sind grüne Augen. In den Binsen wohnt eine dicke Schlange, sagt Käthe. Der Nachtwächter hat sie gesehn. Am Tag frißt sie Fische und Enten. In der Nacht kriecht sie zur Mühle und frißt Kleie und Mehl. Das Mehl, das sie übrigläßt, ist naß von ihrem Speichel. Der Müller leert es in den Teich, denn es ist giftig.

Die Felder liegen auf dem Bauch. Oben in den Wolken stehn die Felder kopf. Die Wurzeln der Sonnenblumen schnüren die Wolken ein. Vaters Hände drehen das Lenkrad. Ich sehe Vaters Haar durch das kleine Fenster hinter der Tomatenkiste. Das Auto fährt schnell. Das Dorf sinkt ins Blaue. Ich verliere den Kirchturm aus den Augen. Ich sehe den Schenkel der Tante dicht neben Vaters Hosenbein.

Am Straßenrand ziehen Häuser vorbei. Die Häuser sind keine Dörfer, weil ich hier nicht wohne. Kleine Männer mit verschwommenen Hosenbeinen gehen fremd durch die Straßen. Auf schmalen rauschenden Brücken flattern die Röcke fremder Frauen. Kinder mit nackten, mageren Schenkeln stehen ohne Hosen allein unter vielen großen Bäumen. Sie halten Äpfel in den Händen. Sie essen nicht. Sie winken. Sie rufen mit leerem Mund. Käthe winkt kurz und schaut nicht mehr hin. Ich winke lange. Ich schaue lange auf die mageren Schenkel, bis ich, weil sie zerfließen, nur noch die großen Bäume seh.

Die Ebene ist unter den Hügeln. Der Himmel unseres Dorfes trägt die Hügel. Sie fallen nicht durch die Wolken in die Ebene. Jetzt sind wir schon weit, sagt Käthe und gähnt in die Sonne. Der Vater wirft eine glühende Zigarette durchs Fenster. Die Tante bewegt die Hände und redet.

Zwischen den Zäunen sind die Pflaumen klein und grün. Im Gras stehen Kühe und schauen kauend in den Staub der Räder. Die Erde klettert aus dem Gras über kahle Steine, über Wurzeln und Rinden. Käthe sagt: das sind Berge und die Steine sind Felsen.

Neben den Rädern des Autos wehen Sträucher dem Luftzug nach. Aus ihren Wurzeln rauscht Wasser. Der Farn trinkt und schüttelt sein Spitzengewebe. Das Auto fährt auf schmalen, grauen Wegen. Sie heißen Serpentinen, sagt Käthe. Die Wege verknäulen sich. Unser Dorf liegt tief unter den Bergen, sage ich. Käthe lacht: die Berge sind hier im Gebirge, und unser Dorf ist dort in der Ebene, sagt sie.

Die weißen Kilometersteine schauen mich an. Vaters halbes Gesicht steht über dem Lenkrad. Die Tante greift Vater ans Ohr.

Von Ast zu Ast hüpfen kleine Vögel. Sie verlieren sich im Wald. Sie schreien kurz. Wenn sie die Äste nicht berühren, fliegen sie, ziehen die Füße an den Bauch und schweigen. Auch Käthe weiß nicht, wie die Vögel heißen.

Käthe sucht in der Gurkenkiste eine kleine stachlige Gurke. Sie beißt mit spitzem Mund hinein und spuckt die Schalen aus.

Die Sonne fällt hinter den höchsten Berg. Der Berg wackelt und schluckt das Licht. Zu Hause geht die Sonne hinter dem Friedhof unter, sage ich. Käthe ißt eine große Tomate und sagt: im Gebirge wird es früher Nacht als bei uns zu Haus. Käthe legt ihre schmale, weiße Hand auf mein Knie. Das Auto summt zwischen Käthes Hand und meiner Haut. Im Gebirge wird es auch früher Winter als bei uns zu Haus, sage ich.

Das Auto schnüffelt mit grünen Lichtern durch den Rand der

Wälder. Der Farn streut sein Spitzengewebe in die Dunkelheit. Die Tante lehnt die Wange an die Scheibe und schläft. Die Zigarette des Vaters glüht über dem Lenkrad.

Die Nacht frißt die Kisten auf dem Auto, frißt das Gemüse in den Kisten. Die Tomaten riechen zwischen den Bergen stärker als zu Haus. Käthe hat keine Arme und kein Gesicht. Ihre Hand streicht warm über mein kaltes Knie. Käthes Stimme sitzt neben mir und redet von weitem. Ich beiß mir stumm auf die Lippen, um meinen Mund in der Nacht nicht zu verlieren.

Das Auto ruckt. Vater löscht die grünen Lichter. Er steigt aus dem Auto und ruft: wir sind da. Das Auto steht vor einem langen Haus unter der Glühbirne. Das Hausdach ist schwarz wie der Wald. Die Tante schlägt die Autotür zu und drückt Vater ein Nachthemd in die Hand. Sie zeigt mit dem krummen Zeigefinger in die Dunkelheit hinauf und sagt: oben ist das Dorf. Ich schau ihrem Zeigefinger nach und seh den Mond.

Hier ist die Wassermühle, sagt Käthe. Vater preßt das Nachthemd unter den Arm und reicht der Tante einen Schlüssel. Die Tante sperrt die grüne Haustür auf. Käthe sagt: die Alte wohnt oben im Dorf bei ihrer Schwester.

Die Tante geht hinter eine schwarze Tür. In ihr Zimmer, sagt Vater. Er geht die schmalen Holztreppen rauf und schließt die Falltür hinter sich. Käthe und ich liegen im Vorzimmer in einem schmalen Bett unter dem kleinen, schwarzen Fenster mit dem weißen Spitzenvorhang. Durch die Zimmerwand rauscht das Wasser. Käthe sagt: es ist der Bach.

Käthes Haar knistert in meinem Ohr. Vor dem kleinen, schwarzen Fenster hängt der Mond im schwarzen Maul der Wolken. Dort ist das Dorf.

Käthes Schenkel liegen tiefer als meine Schenkel. Käthes Kopf liegt höher als mein Kopf. Käthes Bauch haucht heiße Luft. Unter meinem kurzen, schmalen Körper knistert der Strohsack.

Hinter der schwarzen Tür knistert das Bett. Hinter der Falltür knistert das Heu.

Die heiße Luft aus Käthes Bauch riecht nach faulen Birnen. Käthes Atem säuselt im Schlaf. Aus dem weißen Spitzenvorhang wachsen triefende Blumenklumpen mit greifenden Stielen, mit schlängelnden Blättern.

Ein Quietschen fällt die Treppen runter. Ich heb den Kopf und laß ihn wieder fallen. Vater geht dem Quietschen nach. Vater ist barfuß. Er fingert mit großen Händen an der schwarzen Tür. Die Tür quietscht nicht. Vaters Zehen knacken, und das Schloß der schwarzen Tür fällt lautlos hinter seinem Rücken zu. Die Tante kichert und sagt: kalte Füße. Vater schmatzt mit den Lippen und sagt: Mäuse und Heu. Das Bett knarrt. Das Kissen atmet laut. Die Decke überschlägt sich in langen Stößen. Die Tante stöhnt. Der Vater keucht. Das Bett zuckt in kurzen Stößen aus dem Holz.

Hinter dem Haus lallt der Bach. Der Kiesel drängt, die Steine drücken. Käthe zuckt im Schlaf mit der Hand. Die Tante kichert, der Vater flüstert. Hinter dem schwarzen Fenster flattert ein rundes Blatt.

Das Schloß der schwarzen Tür knackt. Der Vater steigt barfuß ohne Fersen die schmalen Holztreppen hoch. Sein Hemd ist offen. Sein Gehen riecht nach faulen Birnen. Die Falltür quietscht und fällt langsam zu. Käthe dreht das Gesicht im Schlaf. Vaters Schenkel knistern im Heu.

Der Bach lallt zwischen meinen Augen: ich habe Unkeusches getan, ich habe Unkeusches angeschaut, ich habe Unkeusches angehört, ich habe Unkeusches gelesen. Ich grab die Hände unter die Decke. Ich zeichne mit den Fingern Serpentinen auf meine Schenkel. Auf meinem Knie ist unser Dorf. Käthe zuckt im Schlaf mit dem Bauch.

Die Blumenklumpen neigen ihre weißen Stiele. Das schwarze Fenster hat einen grauen Riß. Die Wolken hängen voll mit roten Schnüren. Die Tannen grünen an den Nadelspitzen.

Die Tante steht verwittert in der schwarzen Tür. Unter ihrem Nachthemd zittern Melonen. Die Tante sagt was von roten

Wolken und von Wind. Käthe gähnt mit großem, rotem Mund und hebt die Arme vor das kleine Fenster. Die Falltür quietscht. Vater kommt gebückt die schmalen Treppen runter. Sein Gesicht ist stopplig und sagt: gut geschlafen. Ich sag: ja. Käthe nickt. Die Tante knöpft die Bluse zu. Zwischen den Melonen ist der Knopf zu klein und schlüpft ins Knopfloch zurück. Die Tante schaut Vater ins Gesicht und sagt wieder ihren Satz mit dem Wind und mit den roten Wolken. Vater lehnt an der Holztreppe und kämmt sich. Er läßt ein Nest aus schwarzen Haaren aus dem fetten Kamm neben die Treppen fallen. Um zwei Uhr kommen wir euch holen, sagt er. Die Tante schaut lachend auf die grüne Tür und sagt: Käthe weiß.
Das Auto summt. Die Tante sitzt neben Vater im Auto. Sie kämmt sich mit dem fetten Kamm. Hinter ihrem Ohr ist das Haar grau.
Ich schau auf die weiten, roten Dächer. Käthe sagt: dort oben ist das Dorf. Ich frag: ist es groß. Käthe sagt: klein und häßlich. Ich leg mich ins Gras. Käthe sitzt auf einem Stein neben dem Bach. Ich seh Käthes blaues Höschen mit dem gelben Fleck aus faulen Birnen zwischen ihren Schenkeln. Käthe läßt den Rock zwischen die Schenkel gleiten. Käthe peitscht das Wasser mit einem Stock unter die Steine. Ich schau ins Wasser und frag: bist du schon eine Frau. Käthe wirft Kieselsteine ins Wasser und sagt: nur wer einen Mann hat, ist eine Frau. Und deine Mutter, frag ich. Ich zerbeiß ein Birkenblatt im Mund. Käthe zerreißt eine Margarete und sagt vor sich hin: liebt mich, liebt mich nicht. Käthe wirft den nackten, gelben Margaretenknoten ins Wasser: meine Mutter hat doch Kinder, sagt sie. Wer keinen Mann hat, hat auch keine Kinder. Wo ist er, frage ich. Käthe zerpflückt ein Farnblatt: liebt mich, gestorben, liebt mich nicht. Frag doch deine Mutter, wenn du mir nicht glaubst. Ich pflück Margareten. Die alte Elli hat keine Kinder, sage ich. Die hat nie einen Mann gehabt, sagt Käthe. Sie zermatscht einen braungefleckten Frosch mit einem Stein. Die

Elli ist eine alte Jungfer, sagt Käthe. Das rote Haar vererbt sich. Ich schau ins Wasser. Auch ihre Hühner sind rot, und ihre Hasen haben rote Augen, sage ich. Aus den Margareten kriechen kleine schwarze Käfer über meine Hand. Die Elli singt abends im Garten, sag ich. Käthe steht auf einem Baumstumpf und ruft: die singt, weil sie trinkt. Die Frauen müssen heiraten, dann trinken sie nicht. Und die Männer, frage ich. Die trinken, weil sie Männer sind, sagt Käthe und hüpft ins Gras. Die sind auch Männer, wenn sie keine Frauen haben. Und dein Bräutigam, frage ich. Der trinkt auch, weil alle trinken, sagt Käthe. Und du, frage ich. Käthe verdreht die Augen. Ich heirate, sagt sie. Ich werfe einen Stein ins Wasser und sag: ich trinke nicht und heirate nicht. Käthe lacht: noch nicht, aber später, jetzt bist du noch zu klein. Und wenn ich nicht will, sage ich. Käthe pflückt wilde Erdbeeren. Wenn du groß bist, willst du schon, sagt sie.

Käthe liegt im Gras und ißt wilde Erdbeeren. Zwischen ihren Zähnen klebt roter Sand. Ihre Schenkel sind lang und bleich. Der Fleck an Käthes Höschen ist naß und dunkelbraun. Käthe schmeißt die leeren Erdbeerstiele über ihr Gesicht und singt: und das bringt mir den einen, den ich so lieb wie keinen, und der mich glücklich macht. Ihre Zunge dreht sich rot und hängt in ihrer Mundhöhle an einem weißen Faden. Das singt die Elli abends im Garten, sage ich. Käthe schließt den Mund. Wie geht's weiter, frage ich. Käthe kniet im Gras und winkt. Das Auto kommt aus den weiten Dächern gerollt. Auf dem Auto scheppern die leeren Kisten.

Vater steigt aus dem Auto und sperrt die grüne Haustür zu. Die Tante sitzt neben dem Lenkrad und zählt Geld. Käthe und ich steigen aufs Auto. Das Auto summt. Käthe sitzt neben mir auf einer leeren Gurkenkiste.

Das Auto fährt rasch. Ich seh, wie tief die Wälder sind. Die kleinen Vögel ohne Namen flattern über den Weg. Die Schattenflecken des Geästs stehen gezackt auf Käthes Gesicht.

Käthes Lippen haben dunkle scharfe Ränder. Ihre Wimpern sind dicht und spitz wie Tannennadeln.
Durch die Dörfer gehen keine Männer, keine Frauen. Unter den großen Bäumen liegt welkes Obst. Zottige Hunde bellen den Rädern nach.
Die Hügel laufen aus in breite Felder. Die Ebene liegt auf ihrem schwarzen Bauch. Der Wind steht still. Käthe sagt: bald sind wir zu Hause. Sie zupft an den hängenden Akazienästen. Käthe reißt mit weißen Händen die Blätter von den Stielen und hat kein Gesicht. Ihre Stimme sagt leise: liebt mich, liebt mich nicht. Käthe zerbeißt im Mund den nackten Stiel.
Hinterm Feld steht ein grauer Kirchturm: dort ist unsere Kirche, sagt Käthe. Das Dorf ist flach und schwarz und stumm. Jesus hängt am Dorfeingang am Kreuz, neigt den Kopf und zeigt seine Hände. Seine Zehen sind dürr und lang. Käthe schlägt das Kreuz.
Der Teich glänzt schwarz und leer. Die große Schlange frißt in der Mühle Kleie und Mehl. Das Dorf ist leer. Das Auto hält vor der Kirche. Ich seh den Kirchturm nicht. Ich seh die langen buckligen Wände hinter den Pappeln stehn.
Käthe geht mit der Tante die schwarze Straße runter. Die Straße hat keine Richtung. Ich seh das Pflaster nicht. Ich setze mich neben Vater. Der Sitz ist noch warm von den Schenkeln der Tante und riecht nach faulen Birnen.
Vater fährt und fährt. Fährt sich mit der Hand durchs Haar, fährt sich mit der Zunge über die Lippen. Vater fährt mit Händen und Füßen durchs leere Dorf.
Hinter einem Fenster ohne Haus torkelt ein Licht. Vater fährt durch den Schatten des Tors in den Hof. Er zieht die Plane übers Auto.
Die Mutter sitzt am Tischrand unterm Licht. Sie stopft einen Socken mit leerer Ferse voll mit grauer Wolle. Die Wolle kriecht glatt aus ihrer Hand. Die Mutter schaut mit schnurgeraden Blicken auf Vaters Rock. Sie lächelt. Ihr Lächeln ist schwach und hinkt am Lippenrand.

Vater blättert blaue Geldscheine auf den Tisch und zählt. Zehntausend, sagt er laut. Und meine Schwester, fragt die Mutter. Vater sagt: sie hat schon ihren Teil. Und achttausend kriegt der Ingenieur. Die Mutter fragt: von dem. Vater schüttelt den Kopf. Die Mutter nimmt das Geld und trägt es mit beiden Händen zum Schrank.

Ich lieg in meinem Bett. Die Mutter beugt sich zu mir herab und küßt mich auf die Wange. Ihre Lippen sind hart wie die Finger. Wie habt ihr dort geschlafen, fragt sie. Ich schließ die Augen: Vater oben, im Heu, die Tante in ihrem Zimmer und Käthe und ich im Vorzimmer, sage ich. Die Mutter küßt mich kurz auf die Stirn. Ihre Augen glänzen kalt. Sie dreht sich um und geht.

Die Uhr tickt durchs Zimmer: ich habe Unkeusches angehört. Mein Bett steht zwischen einem seichten Fluß und einem müden Blätterwald in der Ebene. Hinter der Zimmerwand ächzt das Bett in kurzen Stößen. Die Mutter stöhnt. Der Vater keucht. Die Ebene ist vollgehängt mit schwarzen Betten und mit faulen Birnen.

Mutters Haut ist schlaff. Die Poren sind leer. Die faulen Birnen kriechen in die Haut zurück. Der Schlaf ist schwarz unter den Lidern.

Drückender Tango

Mutters Strumpfhalter schneidet tief in ihre Hüften, drückt ihren Magen über ihren eingeschnürten Bauch. Mutters Strumpfhalter ist aus lichtblauem Damast mit blassen Tulpen und hat zwei weiße Gummiwarzen und zwei Schnallen aus rostfreiem Draht.
Mutter legt die schwarzen Seidenstrümpfe auf den Tisch. Die Seidenstrümpfe haben dicke, durchsichtige Waden. Die sind aus schwarzem Glas. Die Seidenstrümpfe haben runde, undurchsichtige Fersen und spitze, undurchsichtige Zehen. Die sind aus schwarzem Stein.
Mutter zieht die schwarzen Seidenstrümpfe über ihre Beine. Die blassen Tulpen schwimmen vor den Hüften über Mutters Bauch. Die Gummiwarzen werden schwarz, die Schnallen schließen sich.
Mutter schiebt die steinernen Zehen, Mutter drückt die steinernen Fersen in die schwarzen Schuhe. Mutters Knöchel sind zwei schwarze, steinerne Hälse.
Die Glocke läutet hart und dumpf dasselbe Wort. Die Glocke läutet aus dem Friedhof. Die Glocke schlägt.
Mutter trägt den dunklen Kranz aus Tannengrün und weißen Chrysanthemen. Großmutter trägt den rasselnden Kranz aus weißen Steinchen mit dem runden Bild der lächelnden Maria und der verblichenen ungarischen Schrift der Monarchie: Szüz Mária Köszönöm. Der Kranz schaukelt unter Großmutters Zeigefinger auf dem dünnen, rotgeriebenen Gelenk.
Ich trage ein Bündel von dem wirren feingerippten Farn und eine Handvoll Kerzen, die so weiß und kalt wie meine Finger sind.
Mutters Kleid schlägt schwarze Falten. Mutters Schuhe klap-

pern in kurzen Schritten. Mutters Tulpen schwimmen Mutter um den Bauch.

Die Glocke schlägt in ihren Schlag dasselbe Wort. Es hat ein Echo vor und hinter sich und klingt nicht aus. Mutter trippelt mit gläsernen Waden, mit steinernen Knöcheln ins Echo des

Wortes, hinein in den Schlag.

Vor Mutters Schritten geht der kleine Sepp mit einem Kranz aus Immergrün und weißen Chrysanthemen.

Ich geh zwischen dem dunklen Kranz aus Tannengrün und zwischen dem rasselnden Kranz aus weißen Steinchen. Ich gehe hinter meinem wirren Farn.

Ich gehe durch das Friedhofstor und hab die Glocke vor meinem Gesicht. Ich hab den Schlag der Glocke unterm Haar. Ich hab den Schlag im Puls neben den Augen und in den mürben Handgelenken unterm wirren Farn. Ich hab den Knoten, der am Strick der Glocke schaukelt, in der Kehle.

Großmutters Zeigefinger ist an der Nagelwurzel blaugefleckt und tot. Großmutter hängt ihren rasselnden Kranz aus weißen Steinchen an den Grabstein über Vaters Gesicht. Wo Vaters tiefe Augen sind, ist jetzt das rotentfleischte Herz der lächelnden Maria. Wo Vaters harte Lippen sind, ist jetzt die ungarische Schrift der Monarchie.

Mutter steht über den dunklen Kranz aus Tannengrün gebeugt. Ihr Magen drückt sich über ihren Bauch. Die weißen Chrysanthemen rollen sich auf Mutters Wangen ein. Mutters schwarzes Kleid bläht sich im Wind, der um die Gräber streicht. Mutters schwarzer Glasfuß hat einen dünnen, weißen Riß, der über ihren Schenkel zu der Gummiwarze läuft, zu Mutters Bauch, auf dem die Tulpen schwimmen.

Großmutter zupft mit ihrem toten Zeigefinger am wirren Farn, der um den Grabrand liegt. Ich steck die weißen Kerzen zwischen sein Geripp und bohr die kalten Fingerspitzen in die Erde.

Das Zündholz flackert blau in Mutters Hand. Mutters Finger

zittern, und die Flamme zittert. Meinen Fingern frißt die Erde die Gelenke ab. Mutter trägt die Flamme rund ums Grab und sagt: auf Gräbern bohrt man nicht. Großmutter streckt den toten Zeigefinger weg und zeigt auf das rotentfleischte Herz der lächelnden Maria.

Auf den Treppen der Kapelle steht der Pfarrer. Über seinen Schuhen hängen schwarze Falten. Die Falten kriechen über seinen Bauch unter sein Kinn. Hinter seinem Kopf schaukelt der Glockenstrick, der dicke Knoten. Der Pfarrer sagt: beten wir für die lebenden und toten Seelen, und faltet die knochigen Hände über dem Bauch.

Das Tannengrün faltet die Nadeln, der Farn krümmt das wirre Geripp. Die Chrysanthemen duften nach Schnee, die Kerzen duften nach Eis. Die Luft über den Gräbern wird schwarz und summt ein Gebet: und du Gott, Herrscher der himmlischen Heerscharen, erlöse uns aus dieser Verbannung. Über dem Turm der Kapelle ist die Nacht so schwarz wie Mutters gläserne Füße.

Die Kerzen drängen rinnendes Gestrüpp aus ihren Fingern. Das rinnende Gestrüpp wird an der Luft so starr wie meine Rippen. Der Docht ist krümelig verkohlt und trägt die Flammen nicht. Zwischen den geknickten Kerzen rollt ein Klumpen Erde unter den Farn.

Mutter hat die eingerollten Chrysanthemen auf der Stirn und sagt: auf Gräbern sitzt man nicht. Großmutter streckt den toten Zeigefinger aus. Der Riß auf Mutters gläsernem Bein ist so breit wie Großmutters toter Zeigefinger.

Der Pfarrer sagt: meine lieben Gläubigen, heute ist Allerheiligen, heute haben unsere lieben Verstorbenen, unsere toten Seelen ein Freudenfest. Heute haben unsere toten Seelen Kerweih.

Der kleine Sepp steht mit gefalteten Händen über dem Kranz aus Immergrün am Nachbargrab: Erlöse uns, oh Herr, aus dieser Verbannung. Im zitternden Licht zittert sein graues Haar.

Der kleine Sepp spielt mit seinem roten Akkordeon die weißen, wehenden Bräute durchs Dorf, spielt die gepaarten Hochzeitsgäste mit den weißen, wächsernen Maschen um den Altar, unter das rotentfleischte Herz der lächelnden Maria, spielt die Vanilletorte mit den zwei weißen, wächsernen Tauben auf der Spitze vor das Gesicht der Braut. Der kleine Sepp spielt mit seinem roten Akkordeon für die Arme und Beine der Männer und Frauen den drückenden Tango.

Der kleine Sepp hat kurze Finger und kurze Schuhe. Er drückt mit den gespreizten kurzen Fingern auf die Tasten. Die breiten Tasten sind aus Schnee, die schmalen Tasten sind aus Erde. Der kleine Sepp drückt selten auf die schmalen Tasten. Er drückt darauf, und die Musik wird kalt.

Vaters Schenkel drücken sich an Mutters Bauch, um den die blassen Tulpen schwimmen.

Die wehende Braut ist die Nachbarin. Sie winkt mit dem Zeigefinger. Sie schneidet mir eine Rippe aus der Torte und legt die weißen, wächsernen Tauben mit verzagtem Lächeln in meine Hand.

Ich schließ die Hand. Die Tauben werden warm wie meine Haut und schwitzen. Ich steck die weißen, wächsernen Tauben in einen Knödel Fleisch und in das Brot, von dem ich beiß. Ich schlucke Brot und höre den drückenden Tango.

Mutter tanzt mit schwimmenden Tulpen und Onkels Schenkeln am Tischrand vorbei. Sie hat die eingerollten Chrysanthemen um den Mund und sagt: mit dem Essen spielt man nicht.

Der Pfarrer hebt die knochigen Hände im Namen des Herrn: erlöse uns aus dieser Verbannung. Aus seinen Händen steigt ein rinnendes Gestrüpp aus Rauch und schwebt um den Knoten am Glockenstrick und steigt in den Turm.

Das Grab ist gesunken, sagt Mutter. Da müssen zwei Fuhr Erde drauf und eine Fuhr frischer Mist, damit die Blumen wachsen. Mutters schwarzer Schuh knistert im Sand. Das kann dein Onkel tun für seinen toten Bruder, sagt Mutter.

Großmutter hängt den Kranz mit den weißen Steinchen an ihren toten Zeigefinger.
Vaters tiefe Augen schaun auf Mutters schwarzen Glasfuß mit dem weißen Riß. Mutters schwarze Schuhe gehen über Maulwurfshügel zwischen fremden Gräbern.
Wir gehen durch das Friedhofstor. Das Dorf sinkt in sich ein und riecht nach Tannengrün und Farn, nach Chrysanthemen und nach wächsernem Gestrüpp.
Vor meinen Schritten geht der kleine Sepp.
Das Dorf ist schwarz. Die Wolken sind aus schwarzem Damast.
Großmutter rasselt mit dem Kranz aus weißen Steinchen.
Mutter zerdrückt meine Finger in ihrer Hand.
Vater ist unsere tote Seele. Vater hat heute Kerweih und tanzt am Dorfrand vorbei.
Mutters Strumpfhalter schneidet sich tief in ihre Hüften.
Vater preßt im drückenden Tango seine Schenkel an eine Wolke aus schwarzem Damast.

Das Fenster

Die Mutter zieht mir die achte Schnur um die Hüften. Die Schnüre sind weiß und eng. Die Schnüre sind heiß und drücken an den Hüften und zerdrücken mir den Atem im Hals.
Peter sitzt auf einem Stuhl an der Tischecke und wartet.
Die Unterröcke sind in steinige Falten gelegt und spitzenbesetzt. Die Löcher der Spitzen, das schmale Geripp ist muffig und schwer. Die Spitzen haben kalkige Adern, wie die langen Kalkadernwände der alten Mühle.
Der neunte Rock ist lichtgrau wie die Pflaumen am Morgen. Er schwimmt auf den steinernen Unterröcken. Ich spür nur eine heiße Schnur. Der neunte Rock hat weiße Blumen auf seidengrauem, dämmerigem Grund. Die Blumen sind kleine Glocken mit geneigten Köpfen. Viele Köpfe sind in den Falten versteckt. Man sieht sie nur, wenn ich mich dreh, wenn das Akkordeon quietscht, wenn die schwarze Klarinette schreit, wenn die gestreckte Kalbshaut auf der Trommel summt.
Peter dreht mich um sein Gesicht.
Die weißen Glocken werden schwindlig und rauschen einen Takt. Meine Schuhe treten einen Takt, die Fransen meines Schultertuchs taumeln einen Takt. Mein Haar fliegt einen Takt. Eine Locke fällt mir übers Ohr, eine Locke fällt mir in den Nacken, eine Locke fällt mir auf die Nasenwurzel und riecht nach Pflaumenmatsch. Die Trommel summt so hohl wie eine Brücke.
Toni dreht sein halbes Gesicht hinter Barbaras Kopf. Meine Augen drehen sich an Tonis Ohr vorbei. Meine Ohren drehen sich um Peters Kopf.
Die Kalbshaut summt mir an den Schläfen, an den Ellbogen, an den Knien. Die Kalbshaut summt mir unterm Schultertuch,

unter der Haut und drückt mir aufs Herz. Meine Hüften sind heiß, meine Schenkel sind straff, meine Muskeln drehen sich auf meinem Bauch.
Zwischen Toni und mir sind vier Schultertücher mit flatternden Fransen. Zwischen Toni und mir ist das Gesicht des Bäkkermeisters und seine schwarze Klarinette.
Meine Unterröcke schwanken um meine Waden. Mein seidengrauer Rock dreht sich um Peters schwarze Hosenbeine. Die Köpfe der weißen Glocken ziehen sich aus den Falten. Mein seidengrauer Rock ist eine stumme Glocke.
Peters Schenkel zucken heiß. Peters Knie sind hart und spitz. Peters Augen funkeln vor meinem Gesicht. Peters Mundwinkel glänzen rot und feucht. Peters Hand ist groß und hart. Toni hebt Barbaras Hand unter sein Ohr.
Die schwarze Klarinette schweigt. Der Bäckermeister schüttelt den Speichel aus ihr. Der Bäckermeister singt: tanze mit mir in den Morgen. Peter drückt seinen harten weißen Hemdkragen an meinen Hals.
Ich schließe die Augen und tanze mit Toni und meinem seidengrauen Rock an den Dorfrand, hinter die Mühle, hinter die letzte Wimper des weißen Lichts der hohen Glühbirne, unter die hohle Brücke.
Meine Bluse ist weich, ihre Knöpfe sind klein, ihre Knopflöcher groß. Mein Rock ist dammerig und hebt sich wie Nebel. Tonis Hände brennen auf meinem Bauch. Meine Knie schwimmen auseinander, schwimmen so weit, wie meine Schenkel lang sind. Mein Bauch zuckt, meine Schläfen drücken mir an die Augen. Die Brücke ist hohl und stöhnt, und das Echo fällt mir in den Mund. Toni keucht, und das Gras seufzt. Mein Rock dämmert unter meinen Ellbogen. Tonis Rücken schwitzt an meinen Händen. Oben im Mond, hinter meinem Haar, bellen vergessen die Hunde, und der Nachtwächter lehnt an der langen Kalkadernwand der alten Mühle und schläft. Die Brücke dreht sich um meine Hände, und meine Zunge dreht sich in

Tonis Mund. Toni gräbt mit stockendem Atem ein Loch in meinen Bauch. Meine Knie schwimmen an den Brückenrand. Die Brücke fällt in meine Augen. In meinen Bauch fließt heißer Schlamm und breitet sich über mir aus, und klebt mir den Atem zu, und vergräbt mein Gesicht.

104 Ich öffne die Augen. Auf meiner Stirn stehn zitternde Tropfen. Der müde Regen unter der hohlen Brücke rinnt mir an der Kehle herab.

Peter zerdrückt meine Hand mit seinem großen Daumen, mit seinem klebrigen Schweiß. Peter dreht mich um sich und dreht sich um mich. Ich schwimme um Peter und meine Knie sind aus Blei.

Der Bäckermeister schüttelt den Speichel aus seiner schwarzen Klarinette und singt mit hüpfender Kehle: aber nein, aber nein sprach sie, ich küsse nicht. Seine Augen drehen sich wie im Krug der Wein. Tonis schwarze Schultern drehen sich um Barbaras fliegende Fransen.

Peter macht mit mir das Fenster. Meine Finger kleben in Peters Fingern. Meine Arme winden sich um seine Ellbogen. Vor meinem Gesicht dreht sich das Fenster aus seinem Fleisch und meinen zerdrückten Händen. Ich sehe durch das Fenster Tonis halbes Gesicht.

Zwischen unseren Fenstern, zwischen unseren halben Gesichtern sieht das kantige Gesicht meiner Mutter mit einem schwarzen seidenen Kopftuch, mit gesprenkelten stechenden Augen, mit zahnlosem Mund.

Die stechenden Augen schwimmen aus dem kantigen Gesicht, aus dem schwarzen seidenen Kopftuch, schwimmen ans Ende der offenen Straße, ans Ende des zugeschnürten Dorfes. Hinter den letzten Gärten, hinter der hohlen Brücke brechen die stechenden Augen die Erde und fallen hinein.

Am Dorfrand steht ein Kreuz. Jesus hängt am Straßenrand und blutet, und schaut abwesend durch ein Fenster aus zerbrochenen Pflaumenbäumen ins Rübenfeld.

Meine Augen schwimmen aus dem Fenster, schwimmen aus meinem Kopf, aus meinem heißen Mund, aus meinem versteckten Schweiß. Mein Fenster ist blind. Meine Arme sind totverschränkt in Peters Armen. Ich schaue noch einmal durch mein blindes Fenster und sage rasch und leise: mir ist übel.
Die Zunge fällt mir in den Mund. Ich falle über meine seiden-
graue dämmerige Glocke. Ich sinke in die unruhigen Falten der schwarzen Röcke der uralten Frauen, in die greifenden Hände, in den zahnlosen Mund.

Die schwarzen Röcke sind so offen wie die Straßen, so zugeschnürt wie das Dorf, so gebrochen wie die greifende Erde hinter den letzten Gärten, hinter den stechenden Augen, hinter dem zahnlosen Mund.

Der Mann mit der Zündholzschachtel

Jeden Abend brennt das Dorf nieder. Zuerst verbrennen die Wolken.

Jeder Sommer nimmt eine Scheune mit. Immer am Sonntag, wenn die Leute tanzen und Karten spielen, brennen die Scheunen ab. Die Dämmerung wälzt sich wie ein dicker Darm durch die Straßen. Dann schwelt es ganz unten im Stroh und Stengelwerk. Und nur einer weiß es, der Mann mit der Zündholzschachtel, der seinen Haß durch das Kartoffelkraut hinter die Maisfelder trägt. In diesem Garten hat er als schmächtiges Kind Säcke geschleppt und Rüben gehackt. In diesem Haus hat er im Stall geschlafen. In diesem Haus wurde er von dem gleichaltrigen Mädchen mit den glatten, blonden Zöpfen, das im Winter Orangen aß und ihm den duftenden Saft der leeren Schalen ins Gesicht spritzte, Knecht genannt. Jetzt geht er durch den Mais, und es raschelt hinter ihm, daß er selber glaubt, er sei der Wind.

Der dicke Mann schaut ihm auf der Straße noch immer mit kleinen, harten Augen nach, und im Wirtshaus setzt er sich an einen andern Tisch und blickt nur ab und zu durch seinen Armwinkel in sein Gesicht.

Jetzt schlägt die Flamme um sich, jetzt wälzt sie sich mit ihren roten, heißen Röcken und steigt zu den Dachziegeln hoch. Und an dem Himmel des Dorfes zuckt schon die Glut.

Feuer, ruft einer, dann rufen zwei, dann schreien alle dasselbe Wort, und das Dorf schwankt auf dem Hügel. Die Männer laufen mit Eimern herbei.

Es kommen die Feuerwehrleute vom Feuerwehrfest mit der rotgestrichenen fahrenden Pumpe, die einen quietschenden, schwenkenden Arm in die Bäume streckt. Es knistert und

strahlt um die große, glühende Scheune. Dann kracht es, und die Balken brechen und stürzen ein. Und der Kessel wird heiß, und die Gesichter werden rot und schwarz und schwellen an vor Angst.
Ich stehe im Hof, die Beine wachsen mir aus dem Hals. Ich habe nichts als diese zugeschnürte Kehle. Meine Gurgel springt über
die Zäune.
Das Feuer quält mich mit seinen Zangen. Das Feuer kommt näher, und meine Beine sind schwarzes verkohltes Holz.
Ich habe das Feuer gelegt. Nur die Hunde wissen es. Jede Nacht streunen sie durch meinen Schlaf. Sie werden nichts verraten, sagen sie, doch sie werden mich zu Tode bellen.
Es kamen Männer in unseren Hof gestürzt. Sie leerten die Milch in den Garten und nahmen die Eimer mit, und zerrten meinen Vater am Rockärmel mit, und sagten, komm, du gehörst auch zur Feuerwehr, du hast auch eine schöne Mütze und eine dunkelrote Uniform. Mein Vater nahm ihren Schrei in den Mund und lief ihnen nach. Mein Vater nahm ihren Schreck in die Augen. Und seine dunkelrote Uniform lief vor ihm her auf den Pflastersteinen. Und seine schöne Mütze fraß bei jedem Schritt ein Stück von seinem dichten Haar. Auf meiner Stirn stand heißer Schweiß, die roten Wellen unter meinen Lidern brannten mir den Sehnerv ab.
Ich renne durchs Gras. Da steht die gaffende Menge.
Und ich.
Ich spüre ihre durchdringenden Augen in meinem Genick.
Und neben mir steht immerzu der Mann mit der Zündholzschachtel.
Sein Ellbogen, da neben meinem Arm ist sein Ellbogen. Er ist hart und spitz.
Von seinen Schuhen bröckelt Gartenerde ab.
Es schaut mich niemand an. Alle bestehen nur noch aus Rücken und Fersen und Schürzenmaschen und Kopftuchzipfeln.
Alle schweigen.

Und sie schweigen heute noch, aber sie schließen mich aus. Und er gewinnt das Kartenspiel am Sonntag. Und er tanzt wunderbar, der Mann mit der Zündholzschachtel.

Dorfchronik

Seitdem es im Dorf nur noch elf Schüler und vier Lehrer, die alle zusammen Grundschule genannt werden, gibt, unterrichtet der Turnlehrer auch Landwirtschaftslehre. Seither wird in den Landwirtschaftslehrestunden der Weitsprung über eine ewig nasse Sandgrube geübt und Völkerball gespielt, im Sommer mit Bällen und im Winter mit Schneebällen. Bei diesem Spiel teilen sich die Schüler in Völker ein. Wen der Ball getroffen hat, der muß hinter die Schußlinie zurücktreten und, weil er tot ist, zusehen, bis alle anderen aus seinem Volk erschossen sind, was im Dorf gefallen genannt wird. Der Turnlehrer hat seine Schwierigkeiten beim Einteilen der Schüler. Daher schreibt er sich nach jeder Stunde auf, welchem Volk jeder Schüler angehörte. Wer in der vergangenen Stunde ein Deutscher sein durfte, muß in der kommenden ein Russe sein, und wer in der vergangenen Stunde ein Russe war, der darf in der kommenden ein Deutscher sein. Es kommt vor, daß es dem Lehrer nicht gelingt, die nötige Schüleranzahl zu überzeugen, Russen zu sein. Wenn der Lehrer nicht mehr weiter weiß, sagt er, seid eben alle Deutsche und los. Weil die Schüler in diesem Fall jedoch nicht begreifen, weshalb man da noch kämpfen sollte, teilen sie sich in Sachsen und in Schwaben ein.

Im Sommer haben die Schüler auch rote Tinte bei sich und malen sich, nachdem sie erschossen worden sind, rote Flecken auf die Haut und auf die Hemden.

Der Turnlehrer, also der Schuldirektor, der auch Musik- und Deutschlehrer ist, hat vor einigen Tagen auch die Geschichtsstunden übernommen, weil dieses Spiel auch für den Geschichtsunterricht geeignet ist.

Neben der Schule ist der Kindergarten. Die Kinder singen

Lieder und sagen Gedichte auf. In den Liedern geht es ums Wandern und Jagen und in den Gedichten um die Liebe zur Mutter und zum Vaterland. Manchmal lehrt die Kindergärtnerin, die noch sehr jung ist, was im Dorf blutjung genannt wird, und eine gute Akkordeonspielerin ist, die Kinder sogar Schlager, in denen auch englische Wörter wie darling und love vorkommen. Es passiert manchmal, daß die Jungen den Mädchen unter den Rock greifen oder durch die fingerbreite Türspalte des Mädchenklos schauen, was die Kindergärtnerin eine Schande nennt. Weil das von Zeit zu Zeit vorkommt, werden auch im Kindergarten Elternsitzungen, die im Dorf Elternbesprechungen genannt werden, abgehalten. In den Elternsitzungen gibt die Kindergärtnerin den Eltern Anleitungen, die im Dorf Ratschläge genannt werden, wie sie ihre Kinder bestrafen sollen. Die meist empfohlene Strafe, die sich für jedes Vergehen eignet, ist der Hausarrest. Eine bis zwei Wochen dürfen die Kinder, nachdem sie aus dem Kindergarten nach Hause gekommen sind, nicht mehr auf die Straße gehen.
Neben dem Kindergarten ist der Marktplatz. Auf dem Marktplatz wurden vor Jahren Schafe, Ziegen, Kühe und Pferde verkauft und gekauft. Jetzt kommen einmal im Frühjahr ein paar vermummte Männer aus den Nachbardörfern her, die Holzkisten mit Ferkeln auf den Wagen führen. Die Ferkel werden nur paarweise verkauft und gekauft. Die Preise hängen weniger vom Gewicht und mehr von der Rasse, die im Dorf Art genannt wird, ab. Die Käufer bringen einen Nachbarn oder jemanden aus der Verwandtschaft mit und begutachten den Körperbau der Ferkel, der im Dorf Statur genannt wird: ob sie kurze oder lange Beine, Ohren, Schnauzen, Borsten, ob sie geringelte oder gestreckte Schwänze haben. Die schwarzgefleckten Ferkel und die Ferkel mit verschiedenfarbigen Augen, die im Dorf Unglücksferkel genannt werden, muß der Verkäufer, falls er sie nicht um den halben Preis verkaufen will, wieder in die Holzkiste sperren und zurückfahren.

Außer Schweinen züchten die Dorfleute auch Hasen, Bienen und Geflügel. Das Geflügel und die Hasen werden in den Zeitungen Kleintiere genannt, und die Leute, die das Geflügel und die Hasen züchten, Kleintierzüchter.
Die Leute im Dorf haben außer Schweinen und Kleintieren auch Hunde und Katzen, die man, weil sie sich seit Jahrzehnten untereinander kreuzen, nicht mehr voneinander unterscheiden kann. Die Katzen sind noch gefährlicher als die Hunde, sie kreuzen sich, was im Dorf paaren genannt wird, auch mit den Hasen.
Der Dorfälteste, der zwei Weltkriege und noch manches andere und manchen anderen überlebt hat, hatte einen großen, roten Kater. Seine Häsin brachte dreimal nacheinander rot und grau gefleckte Junge zur Welt, was im Dorf werfen genannt wird, die miauten und die der Dorfälteste jedesmal ertränkte. Nach dem dritten Mal erhängte der Dorfälteste seinen Kater. Seither hat seine Häsin zweimal gestreifte Jungen zur Welt gebracht, und der Nachbar erhängte nach dem zweiten Mal seinen gestreiften Kater. Letztes Mal hatte die Häsin langhaarige krause Jungen im Nest, da ein Kater aus der Nachbargasse oder aus dem Nachbardorf, der eine Kreuzung zwischen einem Dorfhund und einer Dorfkatze ist, solches Haar hat. Da der Dorfälteste nun weder aus noch ein wußte, schlachtete er seine Häsin und vergrub sie, da er das Fleisch nicht essen wollte, weil sie seit Jahren nur noch Katzen im Bauch gehabt hatte. In Italien, das weiß das ganze Dorf, hat der Dorfälteste während seiner Kriegsgefangenschaft Katzenfleisch gegessen. Das heiße aber noch lange nicht, meint der Dorfälteste, daß er die Unzucht seiner Häsin werde ertragen müssen, weil ein schwäbisches Dorf ja gottseidank, betont er, nicht in Italien liege, obwohl er manchmal den Eindruck habe, daß es auch in Sardinien liegen könnte. Diesen Eindruck schreiben die Dorfleute aber seiner Arterienverkalkung zu und sagen, er habe schon dickes Blut im Kopf.

Neben dem Marktplatz ist der Volksrat, der im Dorf Gemeindehaus genannt wird. Das Volksratsgebäude ist eine Kombination zwischen einem Bauernhaus und einer Dorfkirche. Von einem Bauernhaus hat es die offene Veranda, die von einer mit Pfosten gestützten Brüstung umgeben ist, die kleinen schummrigen Fenster, die braunen Rolläden, die rosa getünchten Wände und den grün getünchten Sockel. Von einer Dorfkirche hat es die vier Treppen am Eingang, die Wölbung über der Tür, die blinde zweiteilige Holztür mit dem Sehgitter, die Stille in den Zimmern und die Eulen und Fledermäuse auf dem Dachboden, die im Dorf Ungeziefer genannt werden.
Der Bürgermeister, der im Dorf Richter genannt wird, hält im Gemeindehaus seine Sitzungen. Unter den Anwesenden gibt es Raucher, die abwesend rauchen, Nichtraucher, die nicht rauchen und schlafen, Alkoholiker, die im Dorf Säufer genannt werden und die Flaschen unter den Stühlen stehen haben, sowie Nichtalkoholiker und Nichtraucher, die schwachsinnig sind, was im Dorf anständig genannt wird, die so tun, als würden sie zuhören, die aber an etwas ganz anderes denken, falls es ihnen überhaupt gelingt zu denken.
Auch die Fremden, die ins Dorf kommen, suchen den Volksrat auf, weil sie, wenn es sie bedrängt, in den Hinterhof gehen und pissen, was im Dorf das Wasser abschlagen genannt wird. Das Klo, das im Hinterhof des Volksrats steht, ist ein öffentliches Klo, da es weder eine Tür noch ein Dach besitzt. Trotz der vielen Ähnlichkeiten zwischen dem Volksrat und der Kirche ist es noch nie passiert, daß ein Fremder statt zum Volksrat in die Kirche gegangen wäre, da ja die Kirche an ihrem Kreuz zu erkennen ist und der Volksrat an seiner Ehrentafel, die im Dorf Ehrenkasten genannt wird. Im Ehrenkasten sind Zeitungen ausgehängt, die, wenn sie völlig vergilbt und unleserlich geworden sind, ausgetauscht werden.
Neben dem Volksrat befindet sich der Friseurladen, der im Dorf Frisierstube genannt wird. In der Frisierstube steht ein

Stuhl vor einem Spiegel, ein Kohlenofen in einer Ecke und eine Holzbank an einer Wand, auf der die Kunden, die im Dorf Rasiergäste genannt werden, sitzen und schlafen, was im Dorf warten genannt wird.
Von den Rasiergästen ist keiner älter als hundert. Außer rasieren lassen sich alle Gäste auch die Haare schneiden, selbst jene, die keine Haare mehr haben. Der Friseur, der im Dorf Rasierer genannt wird, wetzt das Rasiermesser nach jeder Rasur an einem Lederriemen, der schwingt und zu summen beginnt, und reibt den jüngeren Rasiergästen, denen, die unter siebzig sind, das Gesicht mit Parfüm und den älteren mit Spiritus ein, weil es sich nicht schickt, was im Dorf sich nicht steht genannt wird, daß ein alter Mann nach Parfüm riecht, was im Dorf nach Parfüm stinken genannt wird.
Neben dem Friseurladen und vor dem Volksrat ist eine Betonplatte gegossen worden, die im Dorf Kerweihplatz genannt wird. Auf dieser Betonplatte tanzen die Kerweihpaare.
Seitdem das Dorf immer kleiner wird, weil die Leute, wenn nicht woandershin, dann wenigstens in die Stadt abwandern, werden die Kerweihfeste immer größer und die Trachten immer festlicher, so daß die Zeitungen nicht umhin können, jede Kerweih aus jedem Dorf, das in den Zeitungen wenn nicht Großgemeinde, so doch wenigstens Gemeinde genannt wird, ausführlich zu beschreiben. Da jede Kerweih in jedem Dorf an einem anderen Sonntag stattfindet, gehen alle Kerweihpaare aus einem Dorf vor oder nach ihrer eigenen Kerweih, die im Dorf Kerweihfest genannt wird, auch zur Kerweih ins Nachbardorf, was im Dorf mithalten genannt wird. Da aber im Banat alle Dörfer Nachbardörfer sind, beteiligen sich an allen Kerweihfesten dieselben Paare, dieselben Zuschauer und dieselbe Musikkapelle. Dank der Kerweihfeste kennt sich die Jugend aus dem ganzen Banat, und so kommt es öfter zu zwischendörflichen Ehen, falls sich die Eltern davon überzeugen lassen, daß die beiden zwar nicht aus demselben Dorf, aber immerhin Deutsche sind.

Neben dem Friseurladen liegt die Konsumgenossenschaft, die im Dorf Geschäft genannt wird, die fünf Quadratmeter groß ist und Kochtöpfe, Kopftücher, Marmelade, Salz, Barchent, Hausschuhe und einen Stapel Bücher aus den frühen sechziger Jahren führt. Die Verkäuferin ist zuckerkrank und sicherlich aus dem Nachbardorf, weil es dort eine Kondi und den Namen Franziska gibt.

In unserem Dorf heißen die Frauen Magdalena, was im Dorf Leni, oder Theresia, was im Dorf Resi genannt wird. Die Männer aus unserem Dorf heißen Matthias, was im Dorf Matz, oder Johann, was im Dorf Hans genannt wird. Die Familiennamen in unserem Dorf sind Berufsnamen: Schuster, Schneider, Wagner, und Tiernamen: Wolf, Bär, Fuchs. Außer diesen Namen gibt es in unserem Dorf noch zwei andere Namen: Schauder und Stumper, von denen niemand weiß, woher sie kommen. Einige sogenannte Sprachforscher aus dem Banat haben durch sogenannte Sprachforschungen bewiesen, daß diese Namen durch Verformungen anderer Namen entstanden sind. Außer diesen Namen gibt es im Dorf noch Spottnamen, die im Dorf Spitznamen genannt werden: Schmalzbauer, Geizhals.

Neben der Konsumgenossenschaft ist das Kulturheim. Im Kulturheim hält man, wenn es regnet, Kerweih, und Hochzeiten, wenn es regnet, hagelt, schneit oder Schönwetter ist. Auch das Kulturheim hat vier Treppen, eine blinde dicke Holztür mit einem Sehgitter, einen gewölbten Eingang, kleine schummrige Fenster, braune Rolläden und Ungeziefer auf dem Dachboden. In einem kleinen sackdunklen Raum, in dem früher der Projektionsapparat für das Kino stand, ist, seitdem niemand mehr ins Kino geht, die Hochzeiten aber immer häufiger werden, ein großer Herd, der im Dorf Sparherd genannt wird, mit einem großen eingebauten Kessel installiert worden. Seitdem der faule Fußboden durch Parkett ersetzt worden ist, tanzen auch die alten Hochzeitsgäste, die im Dorf Hochzeitspaare genannt werden, statt Walzer und Foxtrott wieder Polka.

Neben dem Kulturheim ist die Post. Die Post hat zwei Angestellte: den Postmann, der im Dorf Postträger genannt wird, und die Telefonistin, die im Dorf Postfrau genannt wird und die Frau des Postmanns ist. Die Postfrau stempelt, da sie mit Telefonieren äußerst selten beschäftigt ist, die angekommene und, nachdem abends der Briefkasten geleert worden ist, die abzuschickende Post. Die Postfrau kennt alle Briefe inwendig und auswendig und weiß daher Bescheid über die geheimsten Gedanken der Dorfleute.

Neben der Post ist die Miliz. Der Milizmann, der im Dorf der Blaue genannt wird, kommt von Zeit zu Zeit in einen kleinen Raum, der im Dorf Büro genannt wird, in dem ein leerer Schreibtisch und ein Stuhl stehen, geht zum Fenster und lüftet, bis er seine ausländische Zigarette geraucht hat, den Raum, schließt dann wieder das Fenster, hängt wieder das Schloß an die Tür und geht zur Post. Mit der Postfrau sitzt er dann stundenlang hinter dem hohen Pult und erzählt.
Das Dorf hat drei Seitengassen, die im Dorf Hintergassen genannt werden, da eine hinter der Schule liegt und mit der LPG endet, eine zweite hinter der Konsumgenossenschaft liegt und mit der Staatsfarm endet und eine dritte hinter der Post liegt und mit dem Friedhof endet.
Die Seitengassen sind Häuserreihen. Die Häuser der Häuserreihen sind alle gleich rosa getüncht, haben die gleichen grünen Sockel und die gleichen braunen Rolläden. Sie unterscheiden sich nur durch die Hausnummernschilder voneinander. In den Seitengassen hört man am frühen Morgen, wenn es noch dämmert, die Hühner gackern und die Gänse schnattern und zischeln. Wenn es draußen ganz hell ist, was im Dorf taghell genannt wird, wird das Gackern, Schnattern und Zischeln von den Stimmen der Frauen, die im Dorf Hausfrauen genannt werden, die über Zäune und Gärten hin miteinander reden, was im Dorf plauschen genannt wird, übertönt. Die Gärten sind immer frisch gehackt und gejätet, was im Dorf gepflegt genannt wird.

Die Häuser im Dorf sind sauber. Die Hausfrauen putzen, wischen, kehren und bürsten den ganzen Tag, was im Dorf häuslich und wirtschaftlich sein genannt wird. Samstags hängen die Perserteppiche, die so groß wie der halbe Hof sind und im Dorf Perser genannt werden, auf den Zäunen. Sie werden geklopft, gebürstet, gekämmt und nachher wieder ins Paradezimmer, das im Dorf Extrazimmer genannt wird, zurückgelegt. Im Extrazimmer stehen dunkle polierte Möbel aus Kirsch- oder Lindenholz mit Nuß- oder Rosenfurnier.

Auf den Möbeln stehen Nippsachen, die im Dorf Figuren genannt werden und verschiedene Tiere, von Käfern und Schmetterlingen bis zu Pferden, darstellen. Sehr beliebt sind Löwen, Giraffen, Elefanten und Eisbären, da es diese Tiere in der Banater Gegend, die in den Zeitungen Banater Land und im Dorf Inland genannt wird, nicht gibt, die aber in anderen Ländern, die im Dorf Ausland genannt werden, leben.

Der Dorfälteste wünscht sich seit Jahren, ins Ausland, das im Dorf der Westen genannt wird, zu einem guten Freund aus der Kriegsgefangenschaft zu Besuch zu fahren, um einen richtigen Löwen zu sehen.

An den Fenstern hängen weiße Nylonvorhänge, die im Dorf Spitzenvorhänge genannt werden. Viele Hausfrauen lassen sich die Spitzenvorhänge von den Verwandten aus dem Ausland bringen und begleichen das schöne Geschenk mit einigen Kilo Hauswurst oder mit einem geräucherten Schweineschinken. Die Vorhänge sind es schon wert, sagen sie, da sie, weil die Zimmer nicht bewohnt sind, was im Dorf geschont werden genannt wird, auch noch für ihre Kinder und Enkelkinder, die im Dorf Kindeskinder genannt werden, erhalten bleiben.

Die Häuser haben in zwei Teile geteilte Höfe, die im Dorf Vorderhöfe und Hinterhöfe genannt werden. In den Vorderhöfen, unter dem haushohen Weintraubenspalier und zwischen den gestutzten Samtrosensträuchern, stehen die bunten Gartenzwerge und die großen grünen Laubfrösche, die im Dorf

Gartenfrösche genannt werden. Im Hinterhof sind das Geflügel und die dunklen dampfenden Räumlichkeiten, in denen gekocht, gegessen, gewaschen, gebügelt und geschlafen wird, die im Dorf Sommerküche genannt werden. Die Dorfleute teilen die Woche nach dem Kochprogramm in Fleischtage und Mehltage ein. Die Dorfleute essen gefettet, gesalzen und gepfeffert. Wenn der Dorfarzt ihnen aber das Fetten, Salzen und Pfeffern verbietet, essen sie ungefettet, ungesalzen und ungepfeffert und sagen während des Essens, daß nichts über die Gesundheit geht und daß das Leben nicht mehr schön ist, wenn man nicht mehr alles essen darf, und: Gutes Essen macht Sorgen vergessen.

Hinter den Seitengassen liegen die Felder der LPG und der Staatsfarm. Die Felder sind groß und flach. Die Pflanzen leiden im Winter am Frost, was im Dorf ausfrieren, im Frühjahr an der Feuchtigkeit, was im Dorf ausfaulen, im Sommer an der Hitze, was im Dorf ausdorren genannt wird. Und im Herbst ist die Erntezeit eine Regenzeit, die in den Zeitungen Erntekampagne genannt wird, die in den Zeitungen im Oktober abgeschlossen und im Dorf im Dezember noch nicht beendet ist. Die tiefen Löcher, die man im Winter auf den Feldern sieht, sind nicht die Furchen der Pflüge, sondern die Fußstapfen der Bauern, die bei der Ernte bis über die Stiefel in den Boden sinken. Manche Bauern sagen, daß es seit der Verstaatlichung, die im Dorf Enteignung genannt wird, keine richtige Ernte mehr gegeben habe. Seit der Enteignung, sagen die Bauern, ist auch der beste Boden nichts wert, und der Dorfälteste behauptet, daß zwischen dem Boden des Hausgartens und dem des Feldes ein sehr großer Unterschied ist, so ein großer Unterschied, als ob's nie derselbe Boden gewesen wär.

Der Boden, der um das Dorf liegt, ist der Boden der LPG und der Staatsfarm. Der Boden der LPG liegt hinter der ersten Hintergasse, und der Boden der Staatsfarm hinter der zweiten Hintergasse.

Die LPG besteht aus einem Vorsitzenden, der der Bruder des Bürgermeisters ist, aus vier Ingenieuren, von denen einer für das Unkraut, einer für die sieben Kühe und elf Schweine, einer für die drei Hektar Gurken und zwei Hektar Tomaten und einer für die drei Traktoren verantwortlich ist, und aus sieben LPG-Bauern, die über fünfzig sind, im Dorf Mitglieder genannt und von den Ingenieuren mit Mädels und Buben angeredet werden.
In den Sitzungen führen die Ingenieure die Mißernten und die Schulden der LPG auf den Boden zurück, der für das Getreide zu sandig und für das Gemüse nicht sandig genug ist. Der Boden ist für die Disteln und Ackerwinden gut, die das Getreide und Gemüse, die von den Ingenieuren Kulturen genannt werden, ersticken. Der Ingenieur, der für das Unkraut verantwortlich ist, sagt, daß der Boden der LPG zu sauer und zu klebrig sei.
Die Staatsfarm besteht aus einem Vorsitzenden, der im Dorf Direktor genannt wird, der der Schwager des Bürgermeisters und der Bruder des LPG-Vorsitzenden ist, aus fünf Ingenieuren, von denen einer für die neun Kühe und fünfzehn Schweine, einer für die sechs Hektar Möhren und zehn Hektar Kartoffeln, einer für das Getreide und einer für den Obstgarten, der im Dorf Baumschule genannt wird, verantwortlich ist, und aus hundert Arbeitern, die in den aufgelassenen Hühnerställen der Staatsfarm wohnen. Die Ingenieure führen die Mißernten der Staatsfarm auf den Boden zurück, der für das Getreide zu salzig und für das Gemüse und die Obstbäume nicht salzig genug ist. Gut ist der Boden für den Klatschmohn und die Kornblumen, die bunt im Feld leuchten und, wie die Ingenieure sagen, auch auf den Fotos sehr grell leuchten. Der gewesene Ingenieur, der für das Unkraut verantwortlich war, hat im vergangenen Jahr dank dieser grellen Farben des Klatschmohns und der Kornblumen bei einer Freundschaftsausstellung rumänischer und bulgarischer Fotografen in Craiova für ein Farbfoto den ersten Preis erhalten, was im Dorf gewonnen genannt wird. Der Preis bestand aus einer Italien-

reise. Seit dieser Reise ist der Brigadier, der der Cousin des Bürgermeisters, des LPG-Vorsitzenden und des Staatsfarmdirektors ist, für das Unkraut verantwortlich.
Hinter der dritten Hintergasse liegt der Friedhof. Der Friedhof hat einen Schlehdornzaun und ein schweres schwarzes Eisentor. Am Ende des Hauptweges steht die Kapelle, die eine Miniatur der Dorfkirche ist und wie eine etwas höhere Sommerküche aussieht.
Die Kapelle wurde vor dem ersten Weltkrieg vom damaligen Metzger, der, nachdem er den Krieg überlebt hatte, nach Rom gefahren war, wo er den Papst, der im Dorf der heilige Vater genannt wird, gesehen hatte, gebaut, was im Dorf gestiftet genannt wird. Seine Frau, die im Dorf, obwohl sie Schneiderin gewesen ist, Metzgerin genannt wurde, starb ein paar Tage, nachdem die Kapelle fertig war, und wurde in der Familiengruft unter der Kapelle begraben, was im Dorf beigesetzt genannt wird.
Unter der Kapelle gibt es außer Würmern und Maulwürfen, die es im ganzen Friedhof gibt, auch Schlangen. Aus Ekel vor diesen Schlangen ist der Metzger heute noch am Leben und zum Dorfältesten geworden.
Alle Toten außer der Metzgerin liegen, was im Dorf ruhen genannt wird, in Gräbern. Die Toten des Dorfes haben sich zu Tode gegessen, zu Tode getrunken, was im Dorf zu Tode gearbeitet genannt wird. Ausnahmen bilden die Helden, von denen man annimmt, daß sie sich zu Tode gekämpft haben. Selbstmörder gibt es im Dorf keine, da alle Dorfbewohner einen gesunden Menschenverstand haben, den sie auch im hohen Alter nicht verlieren.
Die Helden, die im Dorf Gefallene genannt werden, sind, um zu beweisen, daß sie nicht vergebens gestorben sind, was im Dorf den Heldentod gefunden haben genannt wird, weil man wahrscheinlich annimmt, daß sie ihn gesucht haben, auf demselben Friedhof gleich zweimal begraben: einmal im Grab der

jeweiligen Familie und einmal unter dem Heldenkreuz. In Wirklichkeit liegen sie aber irgendwo in einem Massengrab, was im Dorf im Krieg geblieben genannt wird. Die Gefallenen haben meist weiße oder graue Obeliske auf den Grabhügeln. Die Toten, die vor Jahren Feld hatten, haben jetzt weiße Mar-
120 morkreuze über den Köpfen. Ihre Taglöhner, die im Dorf Knechte genannt wurden, verzinnte Blechkreuze und die jung verstorbenen alleinstehenden Mägde, die im Dorf Dienerinnen genannt wurden, haben schwarze gebeizte Holzkreuze über den toten Köpfen. So sieht man auf dem Friedhof, wenn ein Toter begraben wird, ob seine Vorfahren, die im Dorf Ahnen genannt werden, Herren oder Knechte waren.

Das größte Kreuz ist das Heldenkreuz. Es ist höher als die Kapelle. Darauf sind die Namen aller Helden aller Fronten aller Kriege, selbst die der Vermißten, die im Dorf Verschleppte genannt werden, verzeichnet.

Ich schließe das schwarze Friedhofstor hinter mir. Hinter dem Friedhof liegt die Wiese, die im Dorf Hutweide genannt wird. Auf der Hutweide stehen vereinzelte Bäume.

Ich klettere auf einen Baum, der am Rand der Wiese steht, der aber ebensogut in der Dorfmitte stehen könnte, falls er nicht gar in der Dorfmitte steht. Ich halte mich mit beiden Händen an einem Ast fest und sehe die Kirche des Nachbardorfes, auf deren dritter Treppe sich ein Marienkäfer den rechten Flügel putzt.

Der deutsche Scheitel und der deutsche Schnurrbart

Kürzlich kam ein Bekannter aus einem nahegelegenen Dorf zurück. Er wollte dort seine Eltern besuchen.

Im Dorf dämmert es den ganzen Tag, sagte er. Es wird weder Tag noch Nacht. Es gibt weder eine Morgendämmerung noch eine Abenddämmerung. Die Dämmerung ist in den Gesichtern der Leute.

Er erkannte niemand, obzwar er viele Jahre in diesem Dorf gelebt hatte. Alle Leute hatten die gleichen grauen Gesichter. Er tappte an diesen Gesichtern vorbei. Er grüßte sie und bekam keine Antwort. Er stieß ununterbrochen gegen Wände und Zäune. Manchmal ging er durch Häuser, die quer über den Weg gebaut waren. Alle Türen schlugen krächzend hinter ihm zu. Wenn er keine Tür mehr vor sich hatte, wußte er, daß er wieder auf der Straße stand. Die Leute redeten, aber er verstand ihre Sprache nicht. Er konnte auch nicht unterscheiden, ob sie weit von ihm oder nahe neben ihm gingen, ob sie sich auf ihn zu oder von ihm weg bewegten. Er hörte einen Gehstock an eine Wand klopfen und fragte einen Mann, wo seine Eltern sich befänden. Der Mann sagte einen langen Satz, in dem mehrere Wörter reimten, und zeigte mit dem Gehstock ins Leere.

Unter einer Glühbirne hing eine Tafel, auf der *Friseurladen* stand. Der Friseur leerte einen Blechnapf mit Wasser und weißem Schaum durch die Tür auf die Straße. Mein Bekannter betrat den Raum. Auf Bänken saßen alte Männer und schliefen. Sobald sie an der Reihe waren, rief der Friseur sie beim Namen. Von seinem Ruf wachten einige der Schlafenden auf und wiederholten im Chor den gerufenen Namen. Der Gerufene wachte auf, und während er sich auf den Stuhl setzte, der vor den Spiegel stand, schliefen die anderen wieder ein.

Deutscher Scheitel? fragte der Friseur.

Der Gefragte nickte und schaute stumm in den Spiegel. Die Männer auf den Bänken schliefen anscheinend ohne Atem zu schöpfen. Sie saßen starr wie Leichen. Man hörte die Schere im Raum.

122 Der Friseur leerte den Blechnapf durch die Tür auf die Straße. Mein Bekannter stand dicht neben dem Wasserstrahl. Er lehnte mit dem Rücken am Türrahmen. Der Friseur spitzte die Lippen, als würde er pfeifen. Er pfiff nicht. Er schaute streng in die Gesichter der Schlafenden. Dann schnalzte er. Plötzlich rief der Friseur den Namen seines Vaters. Einige Männer wachten auf und wiederholten mit weit aufgerissenen Augen den Namen seines Vaters im Chor. Ein Mann mit grauem Gesicht und einem schwarzen gezwirbelten Schnurrbart erhob sich und ging auf den Stuhl zu. Die Männer auf den Bänken waren wieder eingeschlafen.

Deutscher Scheitel? fragte der Friseur.

Deutschen Scheitel und deutschen Schnurrbart, sagte der Mann. Man hörte die Schere im Raum, und die gezwirbelten Schnurrbartenden fielen zu Boden.

Mein Bekannter ging auf Zehenspitzen auf den Stuhl zu. Vater, sagte er, und der Mann auf dem Stuhl schaute stur in den Spiegel. Er tippte ihm mit der Hand auf die Schulter. Der Mann vor dem Spiegel schaute noch sturer in den Spiegel. Der Friseur hielt die Schere weit offen in der Luft. Er drehte die gespreizte Hand und ließ sie einmal rund um seine Daumen kreisen. Mein Bekannter ging auf seinen Platz zurück und lehnte sich mit dem Rücken wieder an den Türrahmen. Der Friseur pinselte dem Mann auf dem Stuhl mit gespreizten Fingern die Haarborsten an der Kehle ein. Es schwebte grauer Staub zwischen den Gesichtern vor dem Spiegel. Der Friseur leerte den Blechnapf durch die Tür auf die Straße. Der Mann schlüpfte dicht neben dem Wasserstrahl durch die Tür. Mein Bekannter ging auf Zehenspitzen auf die Straße. Der Mann ging vor ihm her, oder

war das ein anderer Mann? Die Dämmerung trat dicht vor sein Gesicht. Er sah nicht mehr, ob die Person auf ihn zukam oder sich von ihm entfernte. Dann merkte er, daß sich der Mann von ihm entfernte, aber sein Weggehen sah wie ein Untergehen aus, obwohl die Straße eben war. Mein Bekannter stieß gegen mehrere Zäune und Wände. Er ging durch mehrere quer über den Weg gebaute Häuser auf den Bahnhof zu.
Er hatte beim Gehen starke Rückenschmerzen und wußte, daß er sehr lange am Türrahmen gelehnt hatte. Er spürte starke Schmerzen in den Fingern und wußte, daß er viele Türen aufgestoßen hatte. Als sich der Zug dem Bahnhof näherte, spürte er starke Halsschmerzen und wußte, daß er die ganze Zeit über mit sich selbst geredet hatte.
Er sah den Bahnwärter nicht. Aber der Bahnwärter pfiff lange und schrill. Der Zug machte viel Wind, als er sich näherte. Der Zug pfiff kurz und heiser. Zwischen der Dämmerung und dem Dampf des Zuges stand ein Baum, dicht neben den Schienen. Der Baum war ausgedorrt. An seinem Stamm war noch immer das Schild. Aus dem fahrenden Zug sah mein Bekannter, daß auf dem Schild nicht mehr wie früher der Name des Dorfes, sondern bloß BAHNHOF stand.

Der Überlandbus

124 Gerlinde, warum läßt du ihn trinken, du sitzt doch neben ihm, schrie eine Frau, die ganz vorne stand, hinter dem Chauffeur. Ein dickes, sprachloses Kind blickte auf. Du hast keinen Verstand, Franz, sagte sie zu einen Mann mit hochroten Backenknochen, der mit einer Hand an der Stange der Gepäckablage hing und mit der anderen von der Stirn her sich durchs Haar und ins Genick fuhr, mit einem Zeigefinger ohne Fingernagel.

Schau, wie du schwitzt, dir gibt man umsonst ein reines Hemd, du bist auch dann kein Mensch.

Die Chrysanthemen zitterten, in eine Zeitung gehüllt, auf der Gepäckablage. In den Kurven brachen herbe starre Blüten ab.

Die Blumen haben noch gefehlt, diese typisch walachischen Blumen, sie stinken, daß es einem übel wird, sagte eine Frau.

Diese Schwäbinnen gackern wieder den ganzen Bus voll, sagte ein Mann.

Ein Zigeuner saß auf dem Reserverad und steckte sich Kürbiskerne in den linken Mundwinkel und spuckte die Schalen aus dem rechten aus.

Die fressen alles. Gestern waren drei im Dorf mit einem schwarzen Auto. Alle drei in Anzügen. Sie haben tote Hühner eingesammelt, sie haben von der Hühnerkrankheit gehört. Meiner Mutter sind alle bis auf drei krepiert. Man sieht ihnen nichts an. Sie gackern und fallen um, und sind tot. Die haben Autos, unsereins kommt nie zu so viel Geld. Unsereins frißt keine toten Hühner und ist trotzdem immer krank, und frißt ungesalzen und ungepfeffert und ungezuckert und ungefettet.

Meiner war gestern nachmittag beim Rasierer, der reißt jetzt die Zähne im Dorf. Der Zahnarzt kommt nicht mehr. Die Zahnfäulnis ist eine Dorfkrankheit, hat er gesagt, auch den Kindern faulen die Eckzähne.

Und immer hundert Lei für einen Zahn, jetzt ist's genug, hab ich gesagt, mit diesen Brücken im Maul, laß sie alle reißen und mach dir ein Gebiß, hab ich gesagt.
Franz, steck endlich mal die Schnapsflasche ein. Dieses Getränk hat so manchen unter die Erde gebracht.
Die lassen sich nichts sagen, meiner könnte heute noch leben,
aber da redet man umsonst.
Ist ja besser, wenn sie krepieren, dann hat man seine Ruh.
Ja, aber die krepieren erst, wenn sie einem das Leben gefressen haben.
Von der Gepäckablage tropfte blutroter Traubensaft auf einen Hinterkopf. Auf der Kopfmitte hatte er sich ein klebriges Loch geleckt, wie ein Nest. Wem gehört die Tüte, fragte der, dem der Saft auf die Kopfhaut gesickert war, und niemand sagte ein Wort.
Er schob die Scheibe zur Seite und warf die Tüte zum Fenster hinaus.
So ein Schweinehund, sagte halblaut eine Frau, und als er zu ihr hinsah, sagte sie laut, die Tüte gehört nicht mir, aber du bist doch ein Schwein.
Auf einer Seite waren die Vorhänge zugezogen. Der Himmel war rot, und das tat den Augen weh.
Das dicke sprachlose Kind knabberte an seinem Zopf, und die Frau von nebenan schaute es an und sagte pfui. Das Kind schaute weg und biß noch tiefer in den Zopf hinein.
Der Bus rollte an knallroten Mauern vorbei, die keine Fenster, jedoch Firmenschilder hatten, mit großen schwarzen Buchstaben und großen schwarzen Punkten darauf. Und nie ergaben sie ein Wort.
Bei denen sind auch die Zäune rot, sagte ein Mann.
Gestern in der Nachtschicht wurden einem Jungen beide Hände abgeschnitten von der Fünf-Tonnen-Presse. Der Meister hat einen Schlosser mit einer Flasche Schnaps weggeschickt und die fehlenden Glühbirnen eingeschraubt. Im Um-

kleideraum haben sie den Schlosser ertappt, wie er dem Jungen den Schnaps einschüttete. Sie sind über den Schlosser hergefallen, er liegt im Spital.
Das dicke sprachlose Kind lehnte den Kopf an die Scheibe und lallte vor sich hin. Es biß sich, als der Bus über ein Schlagloch

fuhr, auf die Zunge. Es lallte und weinte.
Der Mais liegt auf dem Feld und fault. Die großen Schweine haben den Ferkeln die Schwänze abgefressen. Es soll eine Krankheit oder Inzucht sein.
Im Frühjahr ist sehr viel Schnee geschmolzen, mehr als es geschneit hatte. Da sind alle Schafe krepiert, außer ein paar, die wurden vorher geschlachtet. Sie hatten Geschwülste am Hirn.
Der Schafhirt ist an Überdruß gestorben.
Franz, warum läßt du sie Bohnen essen, du stehst doch neben ihr.
Spuck sie aus, Gerlinde, die sind gestohlen, sagte der Mann.
Das dicke sprachlose Kind schluckte rasch und schaute angeödet in die große Tasche, die voll mit Bohnen war. Der Agronom zog den Reißverschluß der Tasche zu.
Eine Frau lachte nervös. Auf den Hochschulen lernen sie stehlen, sagte sie. Franz, zieh ihr doch die Jacke an.
Komm her, Gerlinde, sagte der Mann, du findest den Ärmel nicht.
Der Zigeuner auf dem Reserverad zog seine Socken an und schlüpfte in seine Schuhe.
Der Schofför schaute in den leeren Bus und hatte Schluckauf.
Knöpf dich zu, Gerlinde, sagte eine Frau.

Mutter, Vater und der Kleine

Viele Grüße von der sonnigen Schwarzmeerküste. Wir sind gut angekommen. Das Wetter ist schön. Das Essen ist gut. Die Kantine ist unten im Hotel, und der Strand ist gleich neben dem Hotel.
Und Mutter kann die Lockenwickler nicht zu Hause lassen, und Vaters Schlafanzug und Mutters Morgenrock und Mutters Hausschuhe mit den seidenen Quasten auch nicht.
Vater ist der einzige, der im Anzug und mit Krawatte in der Kantine sitzt. Doch Mutter will's nicht anders.
Das fertige Essen steht auf dem Tisch, dampft und dampft, und die Kellnerin ist wieder mal freundlich zu Vater, und das bestimmt nicht zufällig. Und Mutter welkt das Gesicht, Mutter tropft die Nase. Mutter schwillt eine Ader am Hals, Mutter fällt eine Haarsträhne in die Augen, Mutter zittert der Mund, Mutter senkt den Löffel tief in die Suppe hinein.
Vater zuckt die Schultern, Vater schaut weiter auf die Kellnerin und vertropft die Suppe auf dem Weg zum Mund, spitzt dennoch die Lippen vor dem leeren Löffel und schlürft und steckt den Löffel bis zum Stiel in den Mund. Vater schwitzt auf der Stirn.
Und schon hat der Kleine das Glas umgekippt. Das Wasser tropft durch Mutters Kleid zu Boden, schon hat er sich den Löffel in den Schuh gesteckt, schon hat er die Blumen aus der Vase zerpflückt und über den grünen Salat gestreut.
Vater reißt die Geduld, Vaters Augen werden milchig und eiskalt, und Mutters Augen werden dick und heiß. Es ist schließlich auch dein Kind, genauso wie es meines ist. Mutter, Vater und der Kleine gehen am Bierstand vorbei.
Vater verlangsamt den Schritt, und Mutter sagt, daß Biertrin-

ken nicht in Frage kommt, nein, davon kann gar nicht die Rede sein.

Und Vater haßt das vom Sonnenbrand schon am ersten Tag krebsrot verbrannte Kind und hat Mutters schlürfenden Gang hinter sich, weiß, ohne sich umzudrehn, daß ihr auch diese Schuhe zu eng sind, daß auch daraus ihr Fleisch hervorquillt, wie aus allen anderen, daß keine Schuhe der Welt breit genug für ihre Füße sind, für ihren kleinen Zeh, der immer gekrümmt und wundgerieben und bandagiert ist.

Mutter zerrt das Kind neben sich her und sagt einen Satz vor sich hin, der so lang ist wie der Weg, daß Kellnerinnen Huren sind, verdorbene Geschöpfe, armselige Dinger, die es zu nichts bringen auf dieser Welt. Der Kleine weint und läßt sich im Gehen hängen und zu Boden fallen, und Mutters Fingerspuren leuchten röter auf seinen Wangen als der Sonnenbrand.

Mutter findet die Zimmerschlüssel nicht und stülpt die Handtasche um, und Vater ekelt es vor ihrer speckigen Brieftasche, ihrem ewig zerknüllten Geld, ihrem klebrigen Kamm, ihren ewig nassen Taschentüchern.

Da sind die Schlüssel endlich in Vaters Rocktasche, und Mutters Augen werden naß, Mutter krümmt sich und weint.

Und das Licht zuckt, und die Tür klemmt, und der Lift stockt. Vater vergißt das Kind im Lift. Mutter hämmert mit beiden Händen ein auf die Zimmertür.

Nachmittags gibt's das Mittagsschläfchen.

Vater schwitzt und schnarcht, Vater liegt auf dem Bauch, Vater vergräbt sein Gesicht und befleckt im Traum das Kissen mit Speichel. Der Kleine zerrt an der Decke, wühlt mit den Füßen, runzelt die Stirn und sagt im Traum das Gedicht von der Abschlußfeier im Kindergarten auf. Mutter liegt wach und starr in der schlechtgewaschenen Bettwäsche, unter der schlechtgeweißten Zimmerdecke, hinter den schlechtgewaschenen Fensterscheiben. Auf dem Stuhl liegt ihre Handarbeit. Mutter strickt einen Arm. Mutter strickt einen Rücken, Mut-

ter strickt einen Kragen, Mutter strickt ein Knopfloch in den Kragen.
Mutter schreibt eine Ansichtskarte: Hier sieht man das Hotel, in dem wir wohnen. Unser Fenster habe ich mit einem Kreuzchen angezeichnet. Das andere Kreuz unten im Sand zeigt den Platz, wo wir immer Sonnenbad machen.
Wir gehen schon frühmorgens los, damit wir die ersten sind, damit uns kein anderer den Platz besetzt.

Die Straßenkehrer

130 Die Stadt ist mit Leere getränkt.
Ein Auto überfährt mir mit seinen Lichtern die Augen.
Der Lenker flucht, weil man mich nicht sieht in der Dunkelheit.
Die Straßenkehrer haben Dienst.
Sie kehren die Glühbirnen weg, kehren die Straßen aus der Stadt, kehren das Wohnen aus den Häusern, kehren mir die Gedanken aus dem Kopf, kehren mich von einem Bein aufs andere, kehren mir die Schritte aus dem Gehen.
Die Straßenkehrer schicken mir ihre Besen nach, ihre hüpfenden mageren Besen. Die Schuhe klappern mir vom Leib.
Ich gehe hinter mir her, ich falle aus mir heraus, über den Rand meiner Vorstellungen.
Neben mir bellt der Park. Die Eulen fressen die Küsse auf, die auf den Bänken geblieben sind. Die Eulen übersehen mich. Im Gebüsch kauern die müden strapazierten Träume.
Die Besen kehren mir den Rücken ab, weil ich mich zu sehr anlehne an die Nacht.
Die Straßenkehrer kehren die Sterne auf einen Haufen, kehren sie auf ihre Schaufeln und leeren sie in den Kanal.
Ein Straßenkehrer ruft einem anderen Straßenkehrer etwas zu, der andere dem anderen und der wieder einem anderen.
Jetzt reden alle Straßenkehrer aller Straßen durcheinander. Ich gehe durch ihre Schreie, durch den Schaum ihrer Zurufe, ich zerbreche, ich falle in die Tiefe der Bedeutungen.
Ich mache große Schritte. Ich reiße mir beim Gehen die Beine aus. Der Weg ist weggekehrt.
Die Besen fallen über mich her. Alles überschlägt sich.
Die Stadt irrt quer übers Feld, irgendwohin.

Schwarzer Park

Im Wohnblock hocken, im Quader hocken und zuhören, wie der Wind an den Türen reißt, und horchen, nur weil die Tür nicht schließt.
Immer glauben, daß jemand kommt, und dann ist es Abend und zu spät für diesen Besuch.
Immer zusehen, wie sich der Vorhang beult, als käme ein riesiger Ball herein ins Zimmer.
In den Vasen stehn die Blumen in so großen Sträußen, daß sie bloß ein Dickicht sind, schön und zerrüttelt, als wäre das ein Leben.
Und die Mühe, die man hat, mit diesem Leben.
Über Flaschen steigen, die noch von gestern auf dem Teppich stehn. Die Kastentür weit offen, wie in einer Gruft liegen die Kleider drin. So leer, als gäbe es den nicht, dem sie gehören.
Der Herbst für die Hunde im Park, für die späten Hochzeiten in den Sommergärten im November, mit geliehenem Geld und großen feuerroten Blumen und Zahnstochern in den Oliven.
Die Gegend voller Bräute in geliehenen Autos, die Stadt voller Fotografen mit karierten Mützen. Hinter den Kleidern der Bräute reißt der Film.
Blauäugiges verrunzeltes Mädchen, wo gehst du hin früh am Morgen über soviel Asphalt? Jahrelang durch den schwarzen Park.
Als du sagtest, der Sommer kommt, hast du nicht an Sommer gedacht. Und was redest du jetzt vom Herbst, als wär diese Stadt nicht aus Stein, als welkte an ihr je ein Blatt.
Deine Freunde haben Schatten im Haar und sehen dir zu, wie du traurig bist, und gewöhnen sich daran, und finden sich damit ab. Das bist du. Was kann man da tun, wenn egal wovon

die Rede ist, vom Verlieren die Rede ist. Was hilft da noch, wenn die Angst in den Weingläsern hilft gegen die Angst und wenn die Flasche immer leerer wird.

Wenn das Lachen schallend ist, wenn sie sich biegen vor Lachen, wenn sie sich zu Tode lachen, was hilft da noch? Und wir
 sind doch noch jung.

Und ein Diktator ist wieder gestürzt, und die Mafia hat wieder einen umgebracht, und ein Terrorist liegt im Sterben in Italien.

Du kannst nicht trinken, Mädchen, gegen deine Angst. Du nippst an diesem Glas wie all die Frauen, die kein Leben haben, die nicht hineinpassen in den Kram. Auch nicht in ihren eigenen.

Dir wird es noch schlecht ergehen, Mädchen, sagen deine Freunde.

Es ist schal in deinen Augen. Es ist schal und abgestanden, dein Gefühl. Es ist schade um dich, Mädchen, es ist schade.

Für Richard

Arbeitstag

Morgens halb sechs. Der Wecker läutet. 133
Ich stehe auf, ziehe mein Kleid aus, lege es aufs Kissen, ziehe meinen Pyjama an, gehe in die Küche, steige in die Badewanne, nehme das Handtuch, wasche damit mein Gesicht, nehme den Kamm, trockne mich damit ab, nehme die Zahnbürste, kämme mich damit, nehme den Badeschwamm, putze mir damit die Zähne. Dann gehe ich ins Badezimmer, esse eine Scheibe Tee und trinke eine Tasse Brot.
Ich lege meine Armbanduhr und die Ringe ab.
Ich ziehe meine Schuhe aus.
Ich gehe ins Stiegenhaus, dann öffne ich die Wohnungstür.
Ich fahre mit dem Lift vom fünften Stock in den ersten Stock.
Dann steige ich neun Treppen hoch und bin auf der Straße.
Im Lebensmittelladen kaufe ich mir eine Zeitung, dann gehe ich bis zur Haltestelle und kaufe mir Kipfel, und, am Zeitungskiosk angelangt, steige ich in die Straßenbahn.
Drei Haltestellen vor dem Einsteigen steige ich aus.
Ich erwidere den Gruß des Pförtners, dann grüßt der Pförtner und meint, es ist wieder mal Montag, und wieder mal ist eine Woche zu Ende.
Ich trete ins Büro, sage auf Wiedersehen, hänge meine Jacke an den Schreibtisch, setze mich an den Kleiderständer und beginne zu arbeiten. Ich arbeite acht Stunden.